妹

宇佐見光莉
うさみ・ひかり
奔放で、少し不思議な咲人の彼女。旅行の間も咲人を挑発して、ずっとドキドキさせっぱなし！
……でも、じつは自分も!?

千影
ちかげ
面目な咲人の
るのはちょっと
苦手だけど、頑張って大
胆に……!?

ズルいです！
順番的にもポジション的にも
そこは私のはず！

さっきから
食べてないでしょ？
はい、
あーん……
高屋敷咲人
たかやしき・さくと
記憶力だけが抜群に良い高校1年生。
叔母さんの知り合いの別荘を借りて、夏休みに宇佐見姉妹と旅行に出かける
海岸バーベキュー！
両手に花とお肉

海ではやっぱり……
「さっきの波のせいかなっ⁉
咲人、見た⁉　見ちゃった⁉」

「私、本当はあまり体形に
自信がなくて……」
刺激的なイベントが!?

ネコミミつけて海の家バイト!?

草薙柚月
くさなぎ・ゆづき
咲人の幼馴染で結城学園に
通っている。
バイト先の店長からのリゾ
ートバイト紹介で、
今回は偶然真鳥の店で働い
ており……
高坂真鳥
こうさか・まとり
有栖山学院の新聞部2年生。
実家の海の家で働いていたら、
咲人＆宇佐見姉妹と遭遇!?

夏休み。そのころ、新聞部では……

彩花先輩、最近真鳥先輩いなくて
静かですねぇ……

真鳥ちゃん不足ですか？

ち…違いますよっ！

クスクスｗ　真鳥ちゃんなら
今ごろ海の家にいるかと

え？　旅行ですか？

いえ、御親戚がやっているお店で、
バイトだそうです

いいなぁ。
そういうところで私もバイトしてみたい

水着で、エプロンと『猫耳』
着用だそうですよ

なるほど……どんな海の家？

双子まとめて『カノジョ』にしない？3

白井ムク

ファンタジア文庫

3413

口絵・本文イラスト　千種みのり

目次

プロローグ

六年前、宇佐見（うさみ）家――

「ひーちゃん見て見て！」

光莉（ひかり）はパソコンで動画を観（み）るのを中断し、小学校から慌てた様子で帰ってきた千影（ちかげ）のほうを向いた。千影は少し大きめの段ボールを両手いっぱいに大事そうに抱えている。

「ちーちゃん、なにそれ？」

光莉が近寄っていくと中で白いものがわずかに動いた。白猫だ。それも、まだ小さな、生まれたばかりの子猫だった。

「うわぁ、ネコちゃんだっ！」

思わず目を輝かせる光莉だったが、ふと我に返ると、これは非常にマズいと思った。千影は光莉よりも気まずそうな表情を浮かべている。

「どうしよう……帰りに拾ってきちゃった……」

「そっか……」

光莉はもう一度段ボールの中を見た。

底には真新しいタオル――飼い主だった人の最後の愛情が敷かれていた。その上に、春先に生まれたであろう小さな命が横たわっている。まだ幼いからか、眠たいからか、それとも衰弱しているのか——いずれにせよ、わずかな呼吸を繰り返してミーとも鳴かない。

この道端にうち捨てられた小さな命を、千影は見過ごせなかったのだろう。

千影はそういう子だ。後先を考えずに行動に移してしまい、あとで心配になったり、後悔したりすることが多い。

自分に自信がないからだろうと光莉は思っていた。

自分の思う正しさは、他人にとっての正しさとは違う。そのことを千影自身がわかっているからこそ、自分の選択に迷いが生じてしまうのだろう。

そんな気弱な妹に対し、今、姉としてできることはなにか——

光莉は必死に考え、

「パパとママに、うちでかってもいいかきいてみない？」

と、千影の不安を拭い去るように、笑みを顔いっぱいに広げながら言った。

「パパとママならオッケーしてくれるよ」

「大丈夫かな……？」

「きっと大丈夫だよ。でも、まだ名前をつけたりしちゃダメだよ？」

「うん……！」

その後、光莉の説得も手伝って、両親の許可はすぐに下りた。

それからすぐに獣医に見せて薬をもらい、餌やケージなど必要なものを買い揃えて、宇佐見家に新たな家族が加わった。

千影がその真っ白な子猫に名前を付けることになったのだが——

「この子の名前はマシロ！」

「真っ白だから？」

「うん」

「そのまんますぎないかな？」

「そんなことないよー。——ね、マシロ？」

千影がにこりと微笑みかけると、マシロは「ニャア」と鳴いてみせた。

それからというもの、千影の熱心な世話の甲斐あって、最初はやせっぽっちだったマシロの身体は、次第に大きくなっていった。

ただ不思議なことに、千影が話しかけるとマシロは「ニャア」と可愛らしく鳴くが、光莉や両親が話しかけてもじっと見つめ返してくるだけで反応しない。千影が手を伸ばせば、目を細めて何度も額を擦りつけてくるが、光莉たちからは距離をとった。

自分を親かなにかと勘違いしたからか、あるいは命の恩人だと思ったからなのか――
なんだか、自分を特別だと認めてくれているみたいで、千影にとってはそれがなにより
も嬉（うれ）しかった。
天才の姉のほうではなく、凡才の自分を必要としてくれる特別な友達、家族。
マシロがそばにいてくれる。
そのことが千影の心を強くしていったのだった――

＊＊＊

――六年後、現在。

ガタン、ゴトン、ガタン、ゴトン――そういう音と身体の揺れで千影は目覚めた。

「――……ううん……あれ……？」

いまだに夢の中にいるような、薄らぼんやりと定まらない意識の中、今自分がどこにい
るのか思い出そうとすると――

「え……？」

顔を少し横に向けてみたら、柔らかな表情を浮かべる咲人の顔がすぐそばにあった。

「あ、起きた？」

「わわっ……!?　咲人くん!?」

千影は思わず驚いて、すぐに状況を頭の中で整理した。

今は夏休みが一週間ほど過ぎたあたりで、恋人の咲人と、姉の光莉と、三人で旅行先の別荘地に向かう最中である。

そして、ここはローカル線の電車の中。三人で並んで座っているのはロングシートで、咲人の向こう側には、幸せそうに目を瞑って眠っている光莉の顔がある。

どうやら双子揃って咲人に肩を借りて眠っていたらしい。

「そっか……私、ウトウトしちゃって……寝ちゃってたんだ……」

「朝早かったからね」

「あの、どれくらい眠ってましたか？」

「三十分くらいかな？」

「そう、ですか……そんなに長く……」

千影は急に恥ずかしくなって俯いた。

きっと咲人に寝顔を見られただろう。自分は変な顔をしていなかっただろうか。

途中で眠ってしまったのは、咲人と光莉がそばにいて安心していたこともあるが、昨晩は遠足の前日のように興奮してなかなか眠れなかったせいもある。

自分は割としっかり者だと思っていたのに、すっかり気持ちが緩んでいたみたいだ。

まだまだ子供だな、と千影は反省した顔をした。

「ごめんなさいです……」

「謝る必要なんてないよ。それより、なにか寝言を言ってたよ？」

千影はまた顔を赤くした。

「えっ⁉　なんて言ってましたか……⁉」

「たしか『マシロ』がなんとかって……マシロって？」

途端に千影は「あ」と口を大きく開けたが、すぐに笑顔をつくった。

「さぁ……なんでしょうね？　──それにしても旅行、楽しみですね？」

「え？　ああ、うん……」

咲人は、千影が無理に明るく振る舞おうとしているのに気づいた。思い出したくないことを誤魔化すときに見せる素振りだった。

もちろん気にはなったが、あまり訊いてほしくなさそうだったので、咲人はそれ以上訊ねずに微笑を浮かべておいた。すると──

「――ふぁぁ～……咲人、ちーちゃん、おはよ～」

光莉も起きて、寝ぼけ眼を擦った。

「おはよう。もう昼前だけどね？」

「ひーちゃん、すごい寝癖だよ？」

「へ？　……どこどこっ⁉」

慌てた様子でコンパクトミラーを取り出し、ハネた横髪を必死に直す光莉を見て、咲人と千影は思わず笑ってしまった。

「咲人くん、もうすぐ着きますか？」

「あと十分ぐらいかな？」

「どんな場所なんですか？」

「それは着いてからのお楽しみ」

咲人は、別荘がある町のことを詳しく伝えていない。

というのも、これから行く町自体が非常にユニークな場所で、二人にはちょっとしたサプライズにしておきたかったのだ。

もったいぶる質ではないが、二人が目を輝かせる姿を見るのが待ち遠しい。

「なんという駅で降りるんですか？」

「駅か……それなら――」

咲人はなにかを思いつき、スマホの乗換案内アプリを千影に見せた。

到着駅は『双子子』と表示されている――が、誤記ではない。

「これ読める？」

「えっと……フタゴゴですか？」

「俺も最初そう思ったんだけど違うみたいだよ。地名って難しいのが多いよね？」

そこでようやく寝癖を直し終わった光莉が、この地名クイズに参加した。

「ならフタッコかな？」

「ローマ字読みみたいに『子』を重ねたからって小さい『ッ』にはならないよ？」

「んー、さっぱりわからないなぁ……なにかヒントがほしいかな？」

咲人は「そうだなぁ」と言って、メモアプリに切り替え――

『子子子子子子子子子子子子』

と、合計十二個の『子』を入力して二人に見せた。

「……？　なにかな、これ？」

「平安時代の言葉遊びだよ。嵯峨天皇が考えたそうだけど、なんて読むかわかる？」

ちなみに読み方は『ねここねこ　ししこじし』──猫の子は子猫、獅子の子は子獅子という『子』の音訓を使った言葉遊びなのだが──

「あ……わかった！」

光莉は明るい表情を浮かべる。

「子供がいっぱいだから『子だくさん』だね⁉」

「そっちかぁああ～～～……」

嵯峨天皇もビックリの発想に、咲人は大きく項垂れた。

すると今度は顔を真っ赤に染め上げた千影が、小さく「はい」と手を挙げる。

「咲人くんは、その……子供が十二人欲しいということでよろしいでしょうか……？」

「よろしくないよっ⁉　嵯峨天皇が考えたって言ってるじゃないか！　なんで俺の願望みたいなのにすり替わってるの⁉」

と、千影の珍回答に、咲人も思わず顔を真っ赤にしたのだが──

「でも、私はそんなにたくさんは……」

「ちーちゃん、イケるよっ！　うちとちーちゃんで六人ずつならっ！」

「はっ……！　だったら……！」

双子姉妹はグッと拳を握る。

「「イケるっ！」」

「イケないよっ！」

「「なんでっ⁉」」

平安時代の嵯峨天皇考案の言葉遊びを無視し、令和時代の少子化対策に多大なる関心がありそうな宇佐見姉妹のやる気うんぬんはさておき――

「発想が異次元すぎるからっ！」


――して。

私立有栖山学院高等学校は夏休みに入ったのだが、相変わらず高屋敷咲人の日常は、この見目麗しき双子姉妹の宇佐見光莉と千影によって、騒がしくも楽しいものとなっていた。

彼女たちの猛アプローチも相変わらずで、そこに人目を気にしないで済む旅行と、夏の魔物的ななにかが手伝って、『大胆不敵』発動中につき加速力が上昇中であった。

差される咲人としては、逃げの一手に出たいところ——

だが、これまでイチャラブを我慢してきた宇佐見姉妹の気持ちを慮って、この海旅行では彼女たちの意向になるべく沿おうと決め、多少は立ち止まるつもりでもいた。

というのも——

《三人で付き合っていることは秘密にすること》

このルールの下、これまでさんざんイチャラブをセーブさせてきた彼女たちのストレス発散が目的なのだと、咲人はこの旅行に密かに思いを馳せていたのである。

ただ、羽目を外しすぎてはならぬ——その真面目さ故に、自らの首を絞めていると言うよりほかはない。

彼氏だからといって『やっちゃえ兄さん』的な発想には至らないのだから、彼のイチャラブ回避の自動運転技術は世界に誇れるものとなりつつある（誇っていいのかどうかはわからないが）。

よって、大胆不敵な宇佐見姉妹の猛追をなんとか普段通りに緩くかわしつつも、いつか大事故が起きるのではないかという懸念が、どうしても咲人の中で拭いきれないでいた。

彼女たちは、そんな彼の懸念を払拭するように——

「「今晩は一緒に寝よう（寝ましょう）ね♡」」

――いや、そんなつもりはさらさらない。

むしろ大事故ウエルカム。車どころか『暴走機関車×二』であった。

なかなか魅力的なご提案ではあったが、やはり咲人は頭を抱えるよりほかはない。

学外なのだからセーブする必要はないが、ある程度、一般常識的に、いろいろセーブしていただかないと、いろいろがいろいろで、いろいろ問題なのである。

しかし、この二人に歯止めがかけられるだろうか――

今でさえ理性が揺り動かされる。

頬を朱に染めながらも、悪戯（いたずら）っぽく流し目で見つめてくる姉の光莉。そして、潤んだ瞳で求めるような目で見てくる千影。

けっきょくのところ、羨（うら）やまけしからん状況には変わりない――

「えっと……さっきの答え合わせをしよう！」

「「あ、逃げた……」」

「さ……さっきのは『ねこここねこ　ししここじし』って読むんだ！　ほら、『子（こ）』には

『し』とか干支の『ね』って読み方もあってだね――……」

「「むぅ……」」

腕にしがみついてくる二人にタジタジになりながらも、咲人は解説を続けた。

「つまり、これから行くところは『双子子』って場所なんだ！」

すると二人がピクッと反応した。

光莉は「へぇ」と興味を持った顔だったが、なぜか千影は表情を暗くした。

「フタネコ……ネコ……猫……」

「ん？　どうしたの、千影……？」

咲人が訊ねた瞬間、光莉が急に慌て出した。

「あ、なんでもないよ！　――ねえ、ちーちゃん⁉」

光莉は千影に明るく同意を求めたが、なにかを誤魔化しているのは明らかだった。先刻、千影が『マシロ』という言葉を誤魔化した件と、なにか関係があるのだろうか。

咲人が疑問を覚えたちょうどそのとき、車内放送が流れた――

『――間もなく双子子、双子子です。駅員のいない駅ですので、運賃・切符は前の運賃箱にお入れになり、一番前のドアからお降りください。定期券は……――』

三人は急いで網棚からキャリーケースを下ろして降車の準備を始めた。

やがて、電車が緩やかに停車して、前方の扉が開いた。三人は運転席の前に立つ中年の車掌の目の前で、切符を運賃箱に流そうとしたのだが――

「ご乗車ありがとうございま……っ……！」

明らかに車掌の顔色が悪くなったのを咲人は見逃さなかった。

（どうしたんだろ……？）

車掌の顔つきが変わったのは、光莉と千影の顔を見た瞬間だった。今も目を逸らしている。まるで、なにか不吉なものを見ないようにするかのように――

「あ、すみません……」

と、車掌はすぐに微笑を浮かべた。

「みなさん、ご旅行ですか？　た……楽しんできてくださいね？」

車掌は慌てたようにそう言うと、帽子の鍔で目元を隠し、何事もなかったかのように運転席の前へと戻っていった。

――して。

咲人、光莉、千影――この三人は、知る人ぞ知る別荘地『双子子町』へと降り立った。

先ほどの車掌の態度も気になるところだが、千影が「マシロ」と「猫」という言葉に反応したところも気になる。

（マシロ……猫……真っ白な、猫……）

ホームを歩きながら、ぼんやりとそんなことを咲人が考えていると――


「きゃあっ！」


突然なにかが光莉の前を横切り、彼女は叫んで尻もちをついた。

「光莉っ⁉」

「ひーちゃんっ⁉」

光莉の身にいったいなにが起きたのか。

そしてこの双子子町で、彼らの身になにが起きようとしているのだろうか――

第1話　山と海と、猫の町……？

「きゃあ！」

「光莉っ⁉」

「ひーちゃんっ⁉」

　咲人と千影は尻もちをついた光莉に慌てて近づいた。

「いたたた……お尻打っちゃったよぉ～……」

　若干涙目になっている光莉のそばの茂みから、なにか茶色い塊がピョンと跳ねた。

　よく見ればそれはトラ柄の猫。大きさからして成猫だろう。人馴れしているのか、逃げる様子もなく、光莉のすぐそばで呑気に前脚を舐め始めた。

「なんだ、猫だったのか……」

　咲人がトラ猫を唖然としながら眺めていると、

「か……可愛いぃいいい～～～！　見て見て、猫ちゃんだっ！」

　尻もちをついたままの光莉が目を輝かせた。

「こんにちは。さっきは驚いちゃったぞ～？」

　光莉は手の甲を嗅がせた。トラ猫はクンクンと顔を寄せて嗅いだあと、今度は光莉の人差し指を嗅いで、ペロペロと舐める。やはり人馴れしているらしいが首輪はない。

咲人は、楽しそうに猫と戯れている光莉を見て、ようやく安心した表情を浮かべた。

「この子、野良かな？」

「たぶんね」

「人懐っこいね？――可愛い～♪」

「ここは猫町なんだ。人馴れしているのはそのせいかも」

「あ、それ知ってる」

光莉はさらに目を輝かせる。

「江ノ島とか奈良町が有名だよね？」

「うん。ここは江ノ島や奈良町に比べると、全国的に有名じゃないけど。じつは二人が喜ぶかと思って秘密にしてたんだ――」

すると、いつの間にか咲人の足元にも一匹、三毛猫がいた。三毛猫は目を細め、咲人の足にスリスリと身体を擦りつける。心を許してくれているみたいだ。

「みんな人間に馴れてるみたいだね――」

と、咲人が三毛猫の頭に手を伸ばす。

すると三毛猫は急にビクッと身体を縮め、ピョンと跳ねて千影のほうへ逃げた。

「頭は撫でさせてくれないか。千影、そっちに――」

「ひゃっ、猫……⁉」

急に千影が飛び上がった。三毛猫は千影の反応に驚いて逃げてしまった。

「え？　千影……？」

「あ……」

「……もしかして、猫が苦手とか？」

千影は、しまった、という顔をした。

「へ……平気です！」

いや、どう見ても平気そうではない。

そもそも「平気です」という言い方が、苦手であることを物語っている。

「もしかしなくても、猫が苦手だったり……？」

咲人が改めて訊ねると、千影は首を横に振った。

「大丈夫です！　けして苦手というわけではありませんので！」

やはり無理して笑っているように見える。

しかし、よくよく思い返してみれば納得する節もあった。夏休み前、監査委員を務めていたときは「ワンワン」と言っていたし――

「そっか、千影は生徒指導部の犬だから……」

「あの、えっと……だからと言って犬派とかではありませんよ？　そこで勝手に納得しないでくださいね……？」

千影はジト目で咲人を見た。

そんなやりとりをしていると、光莉が先ほどのトラ猫となにかを喋っていた。

「にゃにゃにゃん？　にゃー？」

「ニャー、ニャー」

「にゃんにゃにゃー……にゃん」

なにか会話が成立しているようだが、いったいなにを話しているのだろう。

「光莉、その子はなんて言ってるの？」

「えっとね、『腹減った、なんか食い物よこせ、こんニャろー』って」

「口悪いなぁ……」

咲人は呆れたが、たしかにトラ猫が「こんニャろー」と言っているような気がしてならなかった。

＊　＊　＊

双子子駅からキャリーケースをゴロゴロ転がして行った先に商店街があった。『フタネコ商店街』というらしい。

大正ロマンを彷彿させるようなレトロな町並みで、結城市では見られない古い公衆電話や郵便ポストがある。猫をモチーフにした店の看板や家の表札もあり、レトロと猫を合わせたような町全体の雰囲気づくりが徹底されていた。

「うわぁ！　映画村みたい！」

光莉は小さな子供のようにはしゃいでいた。

「どこに行ってもフォトスポットだーっ！　──あ、あれ可愛い！」

光莉はとても気に入ったらしく、いつも以上にテンションが高い。ウロウロとあっちを見たり、こっちを見たりして楽しそうにしている。

一方の千影は、さっきから咲人の腕をとったままキョロキョロと落ち着かない。

それもそのはず。町のいたるところに猫がいて、千影からすると見張られている気分なのだろう。

（千影も喜ぶと思ったんだけどなぁ……）

咲人はなんだか申し訳なくなってきた。

双子子町に連れてくれれば、二人とも喜んでくれると思っていたのに……彼氏として知らないことがまだまだあるのだなと思い知らされた気分だ。

「あっ！　なにかな、あれ！」

光莉が、建物と建物の隙間に、なにかを見つけて指差した。

近づいてみると、それはずいぶん古い銅像で、緑青ですっかり覆われていた。台座の上には、同じ背丈の二人の着物の女性が仲良く手を繋ぎ、そのあいだを一匹の猫が歩いている。そんな銅像がひっそりとした場所に佇んでいた。

光莉は口元に人差し指を当てて、いつもの考える仕草をした。

「もしかして、この二人は双子かな？」

すると千影も興味を持ったのか、顎に手を当てて考える素振りを見せる。

「たしかにお顔が似てるね。この猫はなんだろ？」

「飼い猫じゃないかな？」

「双子と、猫？　フタゴ、ネコ……双子子？」

「うーん……町の名前に掛けてるんじゃないかな？」

そうやって光莉と千影が銅像を観察しているあいだ、咲人はどうしたら千影を喜ばせられるかを考えていた。

今三人が向かっているのは、咲人の叔母、木瀬崎みつみの知り合いの別荘。そこ自体は写真で見た限り当たりだったし、そこから少し歩けば登山ができる山があって、千影の好きな山登りもできる。

ここが猫町であることは仕方がないとして――

（午後から山に登るし、山の空気を吸ったら千影の気分も変わるかな）

と、これからのことを思い浮かべて、咲人は静かにやる気を漲らせた。

――そんな三人の姿を、たまたま通りかかった白髪の老婆が遠目で見ていた。

「あれは、双子……」

老婆は残念そうな表情を浮かべ、静かに目を閉じた。

「……災いが起きなきゃいいねぇ……――」

＊　＊　＊

「うわぁ！　素敵ですね！」

「ちーちゃん、ちーちゃん！　海が見えるよっ！」

別荘に到着してからの千影は明るかった。光莉と一緒にキラキラとした瞳で三方ガラス張りのリビングを見回すと、海の見える窓辺に並んで立った。

「咲人くん、海が綺麗(きれい)ですよ！」

「最高の景色だよ！」

咲人も二人の横に立って外を眺めた。

「ほんとだ、すごく綺麗な景色だ」

別荘が坂道を上った先の小高い場所にあるため、海を見下ろすようなかたちで望むことができる。手前には朱色の瓦屋根の民家が並んでいて、たしか鳥取県の石州瓦(せきしゅうがわら)もこんな色だったなと咲人は思い出した。

そうして、三人は素晴らしい景色をひと通り楽しんだのち——

「じゃ、別荘の中を探検しよーっ！」

光莉のあとに続いて千影、咲人と続く。

まず、探検隊が向かった先はバスルーム。トイレと風呂場(ふろば)が半透明のガラスで仕切られた開放感のある凝った設計だった。

（こういうの、オシャレだけど……）

ガラスで仕切られただけのトイレと風呂場は、言わずもがな、女子二人に対し男子一人はだいぶ気を使う。恋人同士だから、そのあたりはまずまず合わせられるだろうが、それでもやはり堂々と振る舞うのは躊躇われるようなつくりだ。

照れ臭そうな咲人を見て、光莉がにししと笑って耳打ちしてくる。

「うちとちーちゃんは、こういうの気にしないよ？」

「っ……！」

完全に心の中を見透かされ、咲人の顔がさらに赤くなった。

すると、浴槽を見ていた千影が「あれ？」と蛇口が二つあるのに気づいた。

「片方は水で、もう片方はお湯ですかね――」

そう言いながら蛇口をひねると、次第に優しい匂いが漂った。

「わっ！　これ、温泉ですか⁉」

千影が驚いたように咲人を見る。

「うん、単純温泉だって」

硫黄泉ではないので、温泉独特の刺激臭はない。源泉は、この近くの温泉と同じところから引いているそうだ。

「アルカリ性で美肌効果があるらしいよ」

「本当ですかっ⁉　私、温泉が大好きなんです！」

テンションが上がっている様子の千影を見て、咲人はほっと胸を撫で下ろした。

（やっぱりこの別荘は当たりだったな……）

そして光莉もまた風呂場の広さを見てニコニコ……いや、ニヤニヤしている。

「三人で入れる広さだね？」

「ちょっ……ひーちゃんっ⁉　それはさすがにダメッ……！」

千影は急に顔を真っ赤にして慌てた。

「えー？　なんでー？」

「せっ……節度！」

「真面目だなぁ、ちーちゃんは……」

光莉はやれやれと苦笑いを浮かべるが、咲人は安堵のため息を吐いた。

（良かった、千影まで一緒に入ろうとか言ってくるんじゃないかと思っていたけど……）

今のところブレーキ役がしっかりと機能しているようだ。アクセル全開の光莉に暴走モードの千影が加わったら、それこそ「えらいこっちゃ」である。

そこでまた光莉がニヤついた。

「でも、昨日の夜はさぁ――」

「あーあーあ――っ！」

千影が真っ赤になってあたふたした。

「なんで咲人くんにバラしちゃうの⁉」

「だって〜……面白いから♪」

「ちょっとひーちゃん⁉」

「あのさぁ咲人、昨日の夜ちーちゃんがねぇ——」

「ダメだってばっ！　あのエッチな話は無しぃ————っ！」

エッチな話って言っちゃったなぁ——バスルームに響き渡った千影の叫びに呆れながら、咲人は気まずそうに、赤くなった頰を掻いた。

＊＊＊

光莉隊長率いる別荘探検隊は二階に上がった。二階にはベッドルーム、ゲストルーム、そしてもう一つトイレがあった。

とりあえず、姉妹が風呂に入っているあいだに使えるトイレがあることにほっとした咲人だが、ここにきて新たな問題が発生した。部屋割りである。

ホテルのような寝室にあるベッドはキングサイズが一台。さらにゲストルームはセミダブルが二台ということで、計算の上ではベッドの数は足りているのだが——

「じゃ、三人でこのおっきなベッドを使おっか？」

「そうだね。ここなら三人でも十分な広さだし――」

「待て待て待て……」

咲人は思わずストップをかけた。

「ベッドが三台あるんだから、一人一台ずつ使えばいいんじゃない？」

「えぇ～……うち、寂しいよぉ～……」

「お風呂は恥ずかしいですが、一緒に寝るくらいなら……」

光莉と千影が上目遣いで咲人を見つめる。

「人目を気にしなくていい旅行だし、一緒に寝ちゃうのも有りじゃないかな？」

「いや、ダメだって、羽目を外しすぎたら……」

「そうですね……」

と、千影は残念そうな顔で寝室の奥のカーテンを開けに行った。

（うーん……一緒に寝るくらいは、有りなのかな……？）

真面目な千影が許容するくらいだから、おそらく「寝る」に深い意味はない。三人で並んで眠るだけ――千影はそのつもりで言ったのに、過剰に反応しすぎたかもしれない。

咲人が複雑な心境でいると、光莉の目つきが鋭いものに変わった。

「想定の範囲内だよね？」

「え？」

「ここに来る前から、ある程度のことは予想できていたんじゃないかな？　……もちろん、大人の意味の『寝る』のほうで」

咲人が動揺した瞬間、タイミングを合わせたように、光莉がグッと身を寄せてきた。

「ねえ、咲人――」

甘い呼び声が耳元をくすぐる。

「……責任なんて感じる必要ないんだよ？」

頬にあたる光莉の息に、咲人はドキッとした。

「うちらだって想定の範囲内。だから、なにがあっても一人で責任を感じる必要なんてないよ？　無責任に楽しいことをしようよ？　我慢しちゃったらもったいないよ？」

そのこっそりとした言い方に、咲人の心臓は大きく高鳴っていた。

こういうときの光莉のささやきは、咲人の耳には甘美に響く。モラルや常識といったものが馬鹿らしくなるほどに本能を刺激してくるのだ。

もちろん光莉はそのことをわかってやっている。

咲人の理性がどこまで耐えられるか──いや、理性が壊れた先を見たいとでも言っているかのように、甘い言葉でからかいながら誘惑する。

が、一定の線引きをしている咲人は、その手前でなんとか踏みとどまった。

「コラ……」

軽く叱るようにして光莉の左頬に右手を置くと、彼女の肩がピクッと震える。

「な、なにかな……？」

「……本当は緊張しているんだろ？」

途端に光莉の顔がカーッと真っ赤になり、慌てて咲人から目を逸らした。

咲人は少し前からわかっていた。

光莉のこの耳元でのささやきは、彼女なりの照れ隠しなのだ。

「ヤダな、そういうお見通しなの……恥ずかしい……」

「だろ？　俺も心の中を覗かれるのはちょっとな……」

「そう思うなら、うちのモヤモヤをスッキリさせてよ……」

「君のモヤモヤって？」

「わかってるくせに──」

そう言って光莉は、咲人の心臓あたりに人差し指を置いてなぞった。

「我慢ばっかりさせないで……」

「ごめん。でもそれは──」

「うちらを守りたいからだよね？　でもね、たまには羽目を外さないと──」

そう言って、光莉は咲人の首の後ろに手を回すと、目を瞑(つぶ)って唇を差し出してきた。

光莉──と言う前に、咲人ははっとして首を捻(ひね)った。

光莉からのキスは咲人の頬に当たった。唇ではなかったことに不満を覚えた光莉が、咲人をむっとしながら睨(にら)む。

「ちょっと咲人、キスぐらい──」

「いや、だって……」

──じぃ～～～～～……

千影が真顔で二人の様子を見ていた。じっくり観察する感じの目つきだった。

「千影、どうしたの……？　なんで観察してるの？」

「あ、どうぞどうぞ、私に構わずに続けてください」

「いや、そう言われてもなぁ……」

間近で見られていると、非常に気まずいものがある。

「なんか、いいなと思いまして」

「……なにが？」

「ひーちゃんと咲人くんって、ときどき二人の中でしか通じない会話をするので……そういうのって、羨ましいなと思いまして」

咲人と光莉は目をパチクリと合わせた。

「うーん……そうかな？」

「千影とも、そういうとき、あると思うんだけど……」

すると光莉は「ほら」と思い出すように言った。

「このあいだ咲人の部屋で、うちが寝てるときに咲人とちゅーしてたよね？」

「あ、うん……って、へっ⁉」

千影の顔がカァーッと赤くなる。

「ひーちゃんあのとき起きてたのっ⁉」

「あ……──てへっ♪」

光莉はわざとらしくペロッと舌を出した。

「ほら、ちーちゃんもこっそりいろいろしているわけだし、おあいこだよ～」

「だからそういうのじゃないってーっ！」

「じゃあさ、うちにはわからない二人の中の会話をしてみてよ？」

「え？　いきなり？　えっと～、えっと～……」

千影は悩みに悩んだが——

「咲人くん、ちゅーしてくださいっ！」

「ド直球⁉」

いつも直球勝負の彼女は、姉のようにはできなかった。

＊　＊　＊

別荘で昼食をとり終わったあと、三人は山に登る準備を整えて、別荘から山へと向かっていた。

咲人は、山ガールの格好に着替えた双子姉妹のあとに続き、彼女たちが話す様子を後ろから苦笑いで見ていた。二人は寝室での話の続きをしていた。

「簡単だって。こそっと耳元で呟けばいいだけだよ？」

「だって……内容が思い浮かばないんだもん」

「思ったままでいいんじゃないかな？」

「そうじゃなくて、咲人くんとひーちゃんのやりとりみたいなのがしたいの！」

光莉はやれやれといった顔で千影にアドバイスをする。

「擦るようにすればいいんだよ」

「擦るようにって、どうやって？」

「だからね……ゴニョゴニョ……──」

光莉がそっと千影に耳打ちする。

きっとロクでもないことを教え込もうとしているのだなと咲人が思っていたら、湯気が出そうなほどに千影の顔が真っ赤になった。

「ええ────っ⁉　私、そんなエッチなこと言えないよぉ～～～っ！」

エッチって言っちゃったなぁと思いつつ、咲人はどういう顔をしたらいいのかわからずに山のほうを向いた。

これから登ろうとしている山は『妹子山』と言って、広葉樹が多いそうだ。ブナ林のほうが杉林に比べると明るいと聞くが、実際のところはどうなのだろう。

そんなことを思っていると、山の中腹になにか朱色の人工物を見つけた。

「あれって鳥居かな？」

「え？　――鳥居じゃないかな？」

「なにかを祀っているんでしょうか？」

　そのとき――

「ひゃっ⁉」

　千影がなにかに驚いて咲人に抱きついた。

「どうしたの⁉」

「猫が……その茂みからこっちを見ていて……」

　千影の指すほうを見ると、長毛の灰色の猫がピョンと木々のあいだを駆けていくのが見えた。

「山の中にもいるんだ……千影、大丈夫？」

「だ、大丈夫です……！　急に見えたので驚いて……」

「そっか……じゃあ、そろそろ放してもらえるかな……？」

「あ、ごめんなさい……！」

　咲人は、急に抱きつかれたことに驚いていたが、やれやれと苦笑いを浮かべた。

そうしているうちに、大きな駐車場と、その脇にバンガローがある場所に着いた。

「あった。ここが『妹子山登山道』だ」

咲人がスマホの地図で場所を確認すると、電波が二本から一本になった。

「これ、山に入ったら圏外になりそうだ……」

「地図、持ってきたのかな？」

「いや、スマホの地図アプリに頼ろうと思ったんだけど……」

登山道だから、案内に従ってコースを散策すればいいだろうが、万が一に備えて地図はほしいところ。仕方がなく、咲人は地図を拡大・縮小してスクショを撮りつつ、頭の中に記憶した。

「あ……誰か、もう山に登ってるんでしょうか？」

千影が指差した先、バンガローのそばに軽自動車と軽トラが一台ずつ停(と)まっている。

三人はバンガローに近づくと、扉の前に立って、窓から中を覗き込んだ。

「誰もいないみたいだな……」

咲人が言ったそのとき——

パァ——ン！　……ガアガア、ガアガア……——

突然山間に鳴り響いた銃声と鳥の鳴き声に、咲人たちはビクッと反応した。

「今のって……銃声かな？」

「ああ、たぶん……」

「じ、地元の猟友会の人とかですかねぇ……？」

三人が狼狽えていると——

「——あんたら、そこでなにをしているんだね……？」

唐突に後ろから声をかけられた三人は、大きくビクッとなった。

声のしたほうを見ると、いつの間にか鎌を持った老婆が立っている。

三人は思わず「ひっ⁉」となった。

しかし、よく見れば——

麦わら帽子に花柄のシャツ、それから腕カバーをし、下はもんぺと黒いゴム長靴の格好。

今から農作業をする様子の、八十はゆうにすぎている腰の曲がった婆さんだ。

その婆さんは、麦わら帽子の鍔の下から、鋭い眼光で三人を見つめている。

どぎまぎとしながらも、咲人は口を開いた。

「あ、あの——」

「この山に入っちゃいけないよ」

急に言葉を遮られ、咲人はビクッとした。

老婆の口調は穏やかで静かだが、この山に近づいてほしくなさそうな、何か重圧のようなものが感じられた。それに登山を禁止する理由が気になる。

「でも、ここって登山道ですよね？　観光スポットだと調べて来たんですが……」

老婆は顔をしかめたまま言った。

「……熊が出たのさ」

「「「熊……!?」」」

三人は驚き、青ざめた。

「昨日のことだよ。キノコ狩りに入った二人組が襲われたのさ。幸いなことに二人とも無事だったが……次はどうなるかわからないよ？」

老婆は低く脅すように言って山のほうを見た。

「ここいらの鉄砲撃ちが熊狩りに入っているからね、危ないから入っちゃいけないよ」

そういうことか。それなら仕方がないと、三人はお互いの顔を見合った。

「ちーちゃん、残念だけど……」

「そうだね……楽しみだったんだけどなぁ……」

「仕方がないよ、千影。そういう理由なら」

と、落ち込む千影を、光莉と咲人が慰める。

するとと老婆は千影の顔をじっと見つめた。

「……そっちのリボンの娘っ子、ちょっといいかね？」

「え？　私ですか？」

「あんた、そっちの娘っ子の妹だね？」

「ええ、そうですが……？」

咲人はふと疑問に思って首を傾げた。

今のやりとりだけで、どうしてこの老婆は千影が妹だとわかったのだろう。

「覚えておくといいよ。──この山はあんたにとって、とても危険な山さ……」

「……？　どういうことでしょう……？」

すると老婆はいっそう顔を強張らせた。

「この妹子山はね──」

パァ――――ン！　……ギャアアアアァ――――……――

老婆がなにか言おうとしたとき、再び銃声が鳴り響いたのだが――

「え!?　今の、悲鳴……!?」

三人は驚いた様子で山を見た。

たしかに人の悲鳴に聞こえた気がした。

しかし、老婆はいたく落ち着き払った様子で、ふふふと笑った。

「聞き違いじゃないかね？」

「でも、今、人の――」

「聞き違いだよ」

「でも――」

「さあ、さあ、ここにいても仕方がない。あんたらは海に行くといいさ――」

老婆はそう言いながら踵(きびす)を返し、ゆっくりと山のほうへ向かって歩き出した。

老婆がバンガローの角を曲がったところで、咲人たちははっとした。自分で危険だと言ったのに、老婆一人で山へ入っていくつもりなのか。

三人は老婆のあとを追う。が――

「えっ⁉　いない……⁉」

老婆の姿が忽然と消えた。辺りを見回してみたが、やはりいない。三人は閉口し、その場から動けずにいた。ヒヤリとした感覚の中、ようやく口を開いたのは千影だった。

「さっきのお婆さんは、いったいなんだったのでしょうか……？」

「おばけ……とかじゃないよね？　非科学的だよね、そんなの……」

薄気味悪さを覚えた双子姉妹は、咲人の腕を摑んだ。

「いや、そんなはずはないよ……」

そう、おばけなどではない。なにせ「おばけなんてないさ　おばけなんてうそさ」という歌があるくらいだ。つまり、おばけなんていないのだ。

咲人は怯える双子姉妹を安心させるように笑顔をつくっておいた。

それにしても――

老婆と会ったときから……いや、この双子町に来たときから、咲人の中で、なにか奇妙な違和感のようなものを拭い去れないでいた。

ツイントーーク！①　私ってツイてない……？

「はぁ〜〜〜……」

山ガールの服を脱いだ千影は、下着姿になって、大きなため息を吐いた。

（私って、ほんとツイてないなぁ……）

猫は嫌いではないが苦手――それは自分の心の問題なのだが、こうも猫ばかりいる町だと、心が落ち着かない。猫町だから仕方がないのだが、咲人に旅行先を提案されるより先に、そのことを伝えておけば良かったとも思う。

（しかも熊まで出ちゃうし……）

楽しみにしていた山登りも中止になり、まさに踏んだり蹴ったり。

それが自分一人の問題で済む話ならいい。

けれど咲人や光莉も巻き込んでしまっている。双子子町に来てからというもの、二人にずっと気を使わせてばかりいるのが千影にとって心苦しかった。

（……ううん、こういうときこそ笑顔でいなくちゃっ！）

気を取り直そうと、パンパンと顔を叩くと――

パァ――ン！　……ギャアアアアァ――……――

急に耳の奥で発砲音が鳴り響き、はっとした。
（あれ……聞き間違いじゃなかったよね……）
妹子山の発砲音のあとの……あれは、人間の悲鳴だった。
それとも、人間の悲鳴に似た鳴き声を出せる動物がいるのだろうか――
（それに、あのお婆ちゃん……）
最後の意味深な言葉がどうしても鼓膜に残っている――
『覚えておくといいよ。――この山はあんたにとって、とても危険な山さ……』
あの言葉の意味はなんだったのか。
（あの山に、なにがあるの……？）
そのあと老婆は忽然と姿を消した。
いったい、どこに消えてしまったのだろう――

「隙ありぃ――っ！」

「きゃあっ！」

突然千影は後ろから胸を揉まれた。

「って、ひーちゃん……!? 驚かせないでよっ！ ていうか、揉むのやめてっ！」

「だって、うちが近づいても気づく気配がなかったから。というか、なにをそんなに悩んでいるの？」

「べつに、悩んでないよ。ちょっと考え事をしていただけ……」

千影がそう言うと、光莉はいつになく心配そうな顔で見つめてくる。

「……もしかして、マシロのことかな？」

「え？」

数年前に宇佐見家で飼っていたマシロという白い猫――たしかに、この町に来てから、ずっとそのことが頭の片隅にあった。電車の中で見た夢のせいかもしれない。

ただ、今はそのことを考えていたわけではない。

「……ううん、そうじゃなくて、あのお婆ちゃんのこと」

「ああ、うん……どこに消えちゃったんだろうね……？」

と、光莉は思い出して青ざめた顔をした。

光莉は昔からおばけが苦手だ。様々な学問に精通していても、苦手なものは苦手らしく、非科学的なものは信じないと言いつつも、小刻みに震えている。

そんな姉を見て、千影はなんだか悩んでいるのが馬鹿らしくなった。

「ひーちゃん、早く着替えて海に行こ？　私のことは気にしなくていいから」

「え？　でも……」

「咲人くんと三人で素敵な思い出をつくらなきゃ——でしょ？」

千影がにっこりと微笑むと、光莉も明るい表情になって「うん」と頷いた。

「そうだね！　いっぱい楽しい思い出をつくろうね！」

光莉はいそいそと水着に着替え始めたが、千影はその様子を横目で見ながら、そっと小さくため息を吐いた。

（私のせいで旅行を台無しにしたくない……三人にとって、素敵な旅行にしなくちゃ！）

それは使命感なのか、義務感なのか。

どちらにせよ、千影は頭の中を切り替えることにしたのだが、頭の片隅では、あの老婆の言葉と、マシロのことがぼんやりと浮かんでいた。

第2話　猫耳になっちゃう……？

妹子山に熊が出たという話を聞いたあと。

三人は一度別荘に戻り、気持ちを切り替えて海に行くことにした。

先に支度を済ませた咲人は、ガレージから自転車を三台引っ張り出してきて、空気入れでタイヤに空気を入れていた。

「――ふぅ～……」

念のためブレーキの利きも確認し、あとはサドルの高さを調整するのみ。

ひと仕事終えた咲人は、双子姉妹を待ちながら、千影のことを思った。

（せっかく山登りを楽しみにしていたのになぁ……）

知らなかったとはいえ、猫が苦手なのに猫町に連れてきたのも申し訳ない。おまけに山登りも中止になり、千影にとっては踏んだり蹴ったりだろう。

この旅行はあくまで三人の素敵な思い出に残るものにしたいと思っていたが、今のところ千影にとってはあまり良い思い出になっていないのかもしれない。

光莉も千影に気を使っているようだ。

ここは彼氏として、なんとか海で千影の気分を盛り上げ、光莉と揃って楽しんでもらいたいところだ。

（そう言えば……）

咲人は夏休み前に千影と話していたことを思い出す――

『私、本当はあまり体形に自信がなくて、水着を着たい気持ちはあるんですが――』

千影はそう言っていたが、実際に、水着になることに抵抗はないのだろうか。

以前体操服姿を見ているし、なんなら下着姿も見ているしで、けして千影の体形は自信を失うほどではなかったはず――

「――うっ……！」

一瞬思い浮かんでしまった千影の下着姿。そして完璧とも思えるプロポーション。

そこに「うちは？」と下着姿の光莉もひっついてきたのはまったくの妄想か――

その映像を頭の中から押し出すように、咲人は頭の右側をトントンと叩いた。

記憶力が良いというのは、こういうとき不便なものだ。意図して引き出すこともあれば、意図せずにパッと蘇（よみがえ）ることもある。

そこに思春期も絡（から）めばなおさらで、ここのところ双子姉妹の悩ましい姿を不意に思い出してしまうときがある。

(二人とも、可愛すぎるんだよなぁ……)

それは嬉しい悩みだし、彼氏として自重しなければなと思う部分でもあった。

そんなことを考え、一人悶々としていると、玄関の扉が開いた。

「あ! 咲人、タイヤの空気入れありがとう!」

「すみません、お待たせしました~」

のほほんとした表情で宇佐見姉妹が出てきた。

光莉は、Tシャツにショートパンツのジーンズ、ペタンコのビーチサンダルという出で立ち。シンプルだが彼女の健康的な魅力を十分に引き立てている。

一方の千影は、肩の出るワンピースに、鍔が広い帽子を合わせ、ローヒールサンダルを履いている。大人っぽく、オシャレにこだわる千影らしい夏の装いだ。

二人ともすでに衣服の下に水着を着ている。果たしてどんな水着なのか――

(いけない……また記憶と妄想が……)

咲人は彼女たちのほうをなるべく見ないようにし、二人に自転車のサドルの高さを変えるよう促した。

「あれ? 咲人くん、顔が赤いですよ?」

「え？　ああ、ちょっと暑かったから……」

「見せてください……熱中症とかなら心配ですので――」

急に千影が斜め下から顔を覗き込んできた。大きめの胸の谷間やフローラル系の爽やかな香りにドキリとしたが、咲人は千影に微笑みかける。

「大丈夫だって……」

「本当ですか？」

「うん、ほんとほんと……」

咲人は苦笑いでお茶を濁そうとしたが、察した光莉がフフーンとニヤついた。

「なるほどなるほど～、咲人くんは早くちーちゃんの水着が見たいんだって♪」

「「えっ……⁉」」

光莉に言われて耳まで真っ赤になった二人は、同時にあたふたとし出す。

「そ、そそそうなんですか⁉」

「あ、いや、違わないけど違うというか……！」

「でもでも～、ちーちゃんばっかり見てたら、うちは寂しいなぁ～」

光莉はわざとらしくTシャツをゆっくり捲り上げて、日に焼けていない真っ白な腹から、水着のトップスの下あたりまでを見せた。

間違いなくビキニではあるのだが、ひどく挑発的で直視できない。

「どう、どう？」

「感想はまたあとでっ……！」

――と、そんなドキドキもありながらも、三人の表情は明るかった。心配していた千影の様子も、今は元通りと言うか、妹子山にいたときよりも穏やかな表情をしていた。

ようやく双子姉妹がサドルの高さを調整し始めた。

「う――ん～～……硬いぃ～～……」

千影がサドルを押し込めようとしているが、接続部分が錆(さ)びて固まっているらしい。

咲人はそっと近づいて、千影の手伝いをする。

「これくらいでどう？」

「ありがとうございます。さすが男の子ですね」

「いやいや、これくらい……」

「咲人、こっちも手伝って～」

「うん」

咲人が光莉(ひかり)の自転車のサドルを直そうとすると、にしししと笑いかけてくる。

「……なに？」

「本当はうちらが来る前に、なにを思い出していたのかなぁって。記憶力がいいって大変だね？」

「っ……⁉」

光莉の追及のほとんどは、わかっている上での確認なので、本当に質(たち)が悪い。

「でもね、嬉しいんだ〜」

「え？　なにが？」

「咲人の頭の中はうちらだらけ。それって、彼女からすれば嬉しいことだもん」

「あ、うん……これって誘導尋問だよね……？」

光莉はまたにししと笑った。

自分はそんなにわかりやすい人間なのか……いや、この双子姉妹と出会ってからというもの、わかりやすい人間になってきたのだな、と自覚する咲人だった。

＊　＊　＊

「海だぁ――――っ！」

青い海を目の前にして、一番テンションが上がっている光莉は、自転車を駐輪スペースに停(と)めたあと、駆け出すように海へ向かった。

ここは『こいし浜』という名前の場所。『小石』と『恋し』を掛けているのかはわからないが、目立って小石がある浜にも見えない。

夏休みとはいえ、平日ということもあってか、浜辺はそれほど混んでいなかった。

白い砂浜、青い海——人も少なく、波は穏やかで、潮風も気持ちいい。

浜辺から沖に向かって一キロほど先におにぎりのような三角形の島がある。頑張れば泳いで渡れる距離だ。

波が穏やかなのは、あの島が防波堤の役割をしているからなのかもしれない。

海の神を祀(まつ)っているのか、陸を向くようにして、妹子山と同じような鳥居が立っているのが遠目からも見えた。

「素敵な場所ですねー」

「うん。すごくいい場所だね」

咲人は千影(ちかげ)と話しながら、元気よく駆けていく光莉の後ろ姿を目で追った。

「ひーちゃん、もうあんなに遠くまで……もう～……」

一人行ってしまった光莉だったが、その直前に咲人へアイコンタクトを送っていた。ちーちゃんのことをよろしくね——と、どうやら二人きりにしてくれたみたいだった。

「俺たちはゆっくり行こうか？」

「はい。では行きましょうか」

歩き出してすぐに、咲人は静かに千影の手から荷物を取った。千影は「あ」と少し驚いたような声を出したが、すぐにクスッと笑って咲人の腕をとる。

「さすが、紳士ですね？」

「ううん、そんなんじゃ……俺が持ちたかっただけだよ」

咲人が柔らかな笑顔を向けると、千影は頰を赤らめた。

じつのところ、みつみと買い物に行く際に伝授されたテクニック『無言で荷物を持ってあげる』を発動させただけだったのだが、効果はてき面だったらしい。

「咲人くんのそういうさりげない優しさ、大好きです」

「そ、そう？」

「はい♪」

千影からニコッと笑顔で返されて、咲人はなんだか照れ臭かった。

そんな感じで、浜辺までのちょっとしたデート気分を味わいつつ、アスファルトから砂浜に切り替わるところまでやってきた。

「ひーちゃん、あそこですね」

「うん」

光莉はずいぶん遠くまで走っていったようだが、こちらに向かって手を振って「おーい、こっちこっちー」と居場所を教えてくれた。

「テンション高いなぁ」

「千影も上げていったらいいのに」

「もちろんそのつもりなんですが……」

千影はワンピースをピンと引っ張りながら頬を赤くした。

「……私の体形、見ても笑わないでくださいね？」

「そんなことしないよ」

「本当ですか？」

「本当だって」

すると今度は、光莉がたまにするように、悪戯っぽい流し目をしてくる。

「私の水着、期待しちゃいます？」

咲人は思わずドキッとした。

どう答えたら正解なのかわからず「うん」と頷いた。

「でも、なんだか恥ずかしいです。じつはひーちゃんに選んでもらったんですが……」

「そうなの？」

「今までこういうタイプは着たことがないから、その……笑わないでくださいね？」

「笑わないって……」

むしろ、笑えないほどに似合っているのではないかという予感がした。

「でも、感想を聞かせてくださいね？　今後の参考にしたいので」

「わ、わかった……」

グイグイ攻めてくるなと思いつつも、そこに千影なりの精一杯の強がりがあることも咲人は気づいていた。

千影だって本当は恥ずかしいのだろう。

でも、姉を見倣って自分も積極的に攻めてみようという心積もりなのかもしれない。

そういう強がりで頑張り屋な千影は、たまらなく魅力的に映った。そもそも、彼女の頑張る先に自分がいるのだと思うと、たまらなく愛おしい。

「それじゃあ、水着になっちゃおうかな～……」

千影の、この照れながらの流し目に耐えられず、咲人はそっぽを向いた。

（こういうのも、なんかイイな……）

誰に言うわけでもなく、咲人は高鳴る胸の内でそう呟いた。

＊＊＊

「――よし、完成！」

ビニールシートにパラソルにクーラーボックス――別荘から借りてきたものだけでひと通り拠点が完成した。

クーラーボックスの中は空なので、これから買い足さなければならない。

「じゃあ、氷となにか飲み物を買いに行ってくるよ」

「では私も」「うちもーっ！」

咲人たちは水着になる前に、近くにある海の家へ向かった。

そこというのが、この浜辺に来たときから三人が気になっていたところ。

周りに何本かのヤシの木やハイビスカスが植えられている、南国リゾート風のオシャレな白い建物だ。入り口の看板として利用されているのは古いサーフボードで、ペンキで文字が書かれてある。名前は『Karen（カレン）』というらしい。

白いウッドデッキの上のテラス席には何人かの男女が座り、海を望みながら楽しそうになにかを話している。

双子子町（ふたねこまち）内は大正ロマンを感じさせる風だったのに、この浜辺は常夏（とこなつ）の南国風――世界観がチグハグで、まるで異世界に迷い込んだ気分になる。

そこに面白さを感じつつ、三人は店の入り口までやってきたのだが——

「わわっ……！」

千影が咲人の背に隠れたのは、店先の日陰に小さな台座のようなものがあって、そこに数匹の猫が固まっていたからだ。

猫たちは耳と鼻をヒクヒク動かして、咲人たちを吟味するかのようにじっと見つめる。

やがてその中の一匹が「ふわぁ」とあくびをすると、ほかの猫たちも興味を失ったように、目を閉じて静かに昼寝の続きを始めた。

「……千影、大丈夫？」

「あははは……ね、猫がいっぱいいますねー……」

千影は猫たちをじっと見つめた。茶トラ、白、サバトラ、黒、三毛——毛色の違う猫たちが団子になっている。咲人がそっと口を開いた。

「ここの飼い猫かな？　四匹もいるんだ」

「すっごく可愛いぃー……けど、ちーちゃん、ほんと大丈夫？」

「う、うん……へーキだよ？」

やはり平気そうには見えない。

咲人はさり気なく千影と猫たちとのあいだに立って、壁になりながら店の中に入った。

カランカランとドアベルを鳴らしながら店内に入ると、外装と同じで、店の内装も真っ白だった。エアコンが効いていて涼しい。

正面に長いカウンター、その奥の壁にはカクテル用の酒瓶が並び、右手には五席ほど四人掛けのテーブルがある。アコースティックライブができそうなくらいの、小さなステージもあった。

左の壁のコルクボードには店を訪れた客と思しき人たちのチェキが飾られていて、訪れた芸能人のサインが並んでいた。

店主の趣味の良さが窺えるオシャレな内装を、三人は感心しながら見回した。千影の苦手な猫たちがいることを除けば、少し大人っぽくて、良い雰囲気の店だった。

「店員さんはどこかな？」

光莉がキョロキョロ見回すが、客はおろか店員すら見当たらない。

「奥にいるんじゃないかな？」

咲人がそう言うと、光莉がカウンターの上にチーンと鳴らすタイプの呼び出しベルを見つけた。『御用の方は鳴らしてください』とある。

——チーン。


光莉が面白そうにベルを鳴らすと、奥から「はーい」という声が聞こえた。

が——そのとき咲人は「ん？」と思った。

（今の声……）

なんだか嫌なものを感じ取った咲人だったが、奥から「少々お待ちくださーい」という甲高い声がする。

そして現れたのは、洋服のようなキャミキニ（キャミソールタイプのビキニ）に、スタッフ用のエプロンと猫耳（？）を着けた、咲人のよく知っている女の子——

「いらっしゃいま……咲人⁉」

やはり……やはりか——咲人はゲンナリとした顔をした。

草薙柚月。

甲高い声をくぐもらせて驚いたのは、やはり咲人の幼馴染だった。

「やっぱ柚月か……」

すると柚月は顔をしかめて、腰に手を当てた。

「なにその嫌そうな顔……？　しかも、宇佐見さんたちまで一緒だし……」

咲人以上に微妙な顔をしたのは双子姉妹のほうだった。『あじさい祭り』以来だから、約一ヶ月ぶりの再会である。

「こんにちは、柚月ちゃん……偶然だね？」

と、光莉は苦笑いを浮かべた。

一方の千影は、咲人の腕をとって自分のほうに引き寄せ、柚月をキッと睨みつける。

「柚月さんは、なぜ……」

ヤバい――瞬間的に咲人はそう思った。

千影の問いの中に怒気が含まれているのを感じとったためだ。

どうしてあなたがいるの？　――と、そんな感じで。

「あの、千影……」

咲人は慌てて止めようとするが――

「なぜ、猫耳を着けているんですかっ！」

「柚月とここで会ったのは偶然だし……え？　あ、そっち⁉」

咲人は驚いたような顔で千影を見た。

「猫耳とかあざといと思います！」

「こ……これは、ここのユニフォームなんだから仕方ないし……！」

あ、柚月も言い返すんだ？　と咲人はギョッとした。

とはいえ、柚月も顔が真っ赤なところを見れば本当は恥ずかしいのだろう。

おそらく、この店のコンセプトというより、町全体に合わせた結果なのでは？　と咲人は思ったが、なんだか店の主人の趣味のようにも思えてならない。

「咲人くんもそう思いませんか⁉」

「いや〜、俺はべつに……──」

──嫌いじゃないけどな、と咲人は思ったが、変な誤解や嫉妬に繋がっても面白くないので口をつぐんでおくことにした。

すると柚月は、千影が咲人の腕をとっているのを指差した。

「あ……あざといっていうのは、それのこと……！」

それから咲人の顔を見て、面白くなさそうに「フン」と鼻を鳴らした。

「やっぱそういうことだったんだ。咲人の彼女、千影ちゃんのほうだったんだ……！」

正確には光莉も彼女なのだが……さて、どう言い返そう——咲人が一瞬だけ躊躇する
と、先に光莉が口を開いてしまった。

「それはどうかな！」

そう言って、咲人の空いているほうの腕に絡みつく。

「うちも彼女だよ♪」

フフンと笑う光莉……いや、笑っている場合ではない。柚月はジト目になった。

「って、咲人……もしかして二人とも彼女にしたんじゃないよね？」

「っ——————⁉」

咲人はギクッとなったが、

「……って、そんなわけないか」

急に柚月はトーンダウンして、やれやれとため息を吐いてみせた。どうやら冗談だと思
ったらしく、咲人は心底ほっとした。

「……それで、ご用件はなんでしょうか？」

「氷と飲み物を買いに……」

「じゃあそっち――」

　柚月は、素っ気ない感じで冷蔵庫と冷凍庫が並ぶところを指差した。

　すると光莉が口を開く。

「じゃあさ、焼きそばも買っていかない？　うち、ちょっとお腹が減っちゃって……」

　てへへと笑う光莉を見て、咲人と千影もそうだなと同意する。

「じゃあ俺はアメリカンドッグにしようかな」

「私はかき氷が――」

「あの、ちょっとストップ……」

　急に柚月が右手を前に出す。

「じつはさ、ここの店長さんがまだ到着してなくて……」

「え？　どういうこと？」

　咲人が訊ねると、柚月は困ったような顔をした。

「厨房ができる人がいないから、料理類が出せないってこと。今、店長さんの親戚の人が店長さんに連絡をとってるんだけど――」

　すると店の奥から、

「マジかー……」

と、ガッカリしたような、女の子の声がした。

が、咲人はまた「ん？　んんっ⁉」と思った。

（今の声、まさか……！）

今度は嫌なものどころか不吉なものを感じ取り、咲人の額から冷や汗が流れた。

そして、店の奥から現れたのは――


「ごめーん柚月ちゃん……あれ？」


高坂真鳥。

新聞部副部長で、夏休み前にさんざんお世話になった人である。

真鳥もこの店のスタッフなのか、今は水色の三角ビキニに、スタッフ用のエプロンと猫耳を着けていた。

「高屋敷っ⁉　光莉と千影もいんじゃん！　なんでなんで～⁉」

咲人と千影は「うわぁ……」という顔をした。同じ新聞部の光莉だけは「真鳥先輩⁉」と驚いている。

「つーかなんだよあんたら、腕なんて組んで三人でラブラブじゃねー？」

真鳥は予期せぬ再会に驚き興奮しながらも、からかうように言った。

光莉と千影は顔を赤くして、咲人の腕からパッと手を離した。咲人たちからすれば一番見られたくない相手である。

そんな三人に構わず、真鳥は嬉しそうにそばに駆け寄ってきた。

それにしても――

真鳥はなかなかのものをお持ちだった。ビキニに持ち上げられたそれらが、ポニーテールと一緒に弾むように上下左右に揺れる。

すると真鳥は咲人を見てニヤッとしながら、

「ふふっ……どーよ高屋敷？　私もなかなかだろ？」

と、グラビアアイドルのように「うふーん♡」とポーズをとってみせた。

「どう？　興奮した？　あ、こういうのどう？　――ニャンニャン、ゴロニャーン♡」

今度はニャンニャンポーズをし始める。

「どうどう？　可愛いだろー？　そんな興奮すんなって――」

「なにか悪いものでも食べたんですか？」

「ひどくねっ⁉　ちょっと勇気を出して頑張ってみた私に対して、ひどくねっ⁉」

「普通に痛い子ですよ、真鳥先輩……」

咲人はまったくの無表情で、それどころか引いた目で真鳥を見つめた。

いかにセクシー路線で攻めてこようとも、相手はあの高坂真鳥である。夏休み前にハニートラップを仕掛けられた経験のある咲人としては、この揺るぎない姿勢をどこまでも維持できる自信があった。

「今の姿を親御さんが見たら泣きますよ？」

「うちのパパとママは『いつもまーちゃんは可愛いね』って言ってくれるしっ！」

あ、だからこういう風になっちゃったのか、と咲人は妙に合点がいった。

「そんなことよりも、どうしたんですか？」

「ん？　なにが？」

「さっき、奥のほうでマジかーって嘆いていたので……ここの店長さんに連絡をとってたんですよね？　親戚だとか……」

真鳥は思い出したように「そうだった！」と言って、焦った顔で柚月に手を合わせた。

「柚月ちゃん、ごっめーん！」

「え……？」

咲人たちと真鳥が知り合いだったことを知らなかった柚月は、ポカーンと呆けた顔をしていたが、真鳥の焦りようを見て冷静な顔になった。

「店長さん、どうしたんですか？」

「それがさぁ、入院しちゃったんだって……」

「えっ……!?」

「てことで、料理系の販売は中止で……飲み物系とかアイス類、あとは私がかき氷とかやるからさー……」

「でも、来店するお客さんたち、みんな料理を食べたいって――」

――と、困ったように話し合う二人。

咲人たちが、その様子を戸惑いながら眺めていたら――

「あの……！」

隣から声がした。

千影が真剣な顔で真鳥たちを見つめている。

「今の話、私にも詳しく聞かせてもらってもいいですか？」

咲人は、まさかな、と思った。

第3話　オーダー入りました……？

海の家『Karen』――咲人たち五人はテーブルに座って、真鳥から事情を聞き始めた。

「じつはこの海の家って、私の叔父さんが経営してるんだよね」

先ほどもその話を小耳に挟んだが、柚月が小首を傾げた。

「真鳥先輩って、咲人たちと同じ有栖山学院ですよね？」

「うん。パパの実家が双子子町なんだ。私が生まれたのは向こうだけど、夏休みとかに帰ってくるんだよ。叔父さんはこっちに住んでるから、夏はここでバイトさせてもらったりしてるんだよね」

なるほど、つまりこの猫耳は真鳥先輩の叔父さんの趣味か――と、咲人は妙に納得した。

高坂家というのは、どうやら他人にコスプレさせる血筋で間違いないらしい。

「でさ、叔父さんはめっちゃスゴい人で、楽器とか料理とかなんでもできちゃうんだ。いろんな資格を持ってるし、地元の猟友会にも入ってるんだけど――」

そのとき咲人は「あ」と気づいたが、真鳥の説明に耳を傾ける。

「昨日、妹子山ってところでおっきな熊が出たんだって」

「え、熊⁉　怖っ……」

「でね、今日の午前中猟友会の人たちと山に入ったみたいなんだけど――」

――そのあとの真鳥の話をまとめるとこうだ。

妹子山は登山の観光スポットになっているが、ここ最近は山に入る登山客もいなくて、たまに整備のために入るのみで、基本的に放置されていた。

もともと植生が濃い妹子山は、管理が行き届いていなかった上に、ジメジメとした岩場には苔が生し、滑りやすくて危険らしい。

そんな山に、真鳥の叔父は朝から入り、そして熊を見つけた。

緊張する中、近づいてライフルを構え、引き金に指をかけた――が、岩場でズルンと足を滑らせて「ギャア」だったらしい。

真鳥の話を聞いて、咲人たちは「ああ」となった。

妹子山で老婆と出会って話していた際――

パァ――――ン！　……ギャアアア――――……――

　——あのときの銃声と悲鳴はそういうことだったのか、と。

　幸いなことに、そのときの鉄砲の音と悲鳴で熊は逃げ出したそうだ。

　しかし、真鳥の叔父はその際に腰を岩に打ちつけてしまい、今日と明日は入院が必要とのことで、先ほどの真鳥の「マジかー」に繋がったのだった——


「——って感じで、昼くらいには戻る予定だったみたいなんだけど……」

　そう言って、真鳥は困った顔をした。

　つまるところ、今日と明日は厨房のできる叔父抜きで、この海の家を切り盛りしないといけないらしい。

「そうだったんですね……。店長さん、心配だな……」

　柚月はそう言って心配そうな顔をした。

「で、とりあえずあとのことは私が任せられたんだけどさぁ、厨房はよくわからないし」

　そこで光莉が口を開いた。

「叔父さんの身内で厨房に入れる人はいないんですか？　真鳥先輩のご両親とかは？」

「パパとママは仕事があるから、こっちに来られるのは日曜なんだよねぇ……叔父さんは絶賛独身中だし、厨房に入れそうな人もいないかな～……」

「そっか……」

と、光莉も困ったように俯いた。

真鳥はやれやれという顔で柚月のほうを向く。

「私か柚月ちゃんのどっちかが厨房に入れたらいいんだけど、厨房の経験とかある？」

「私は無いし、無理ですね……」

「そかそか、じゃあやっぱ料理類は諦めるかー……」

真鳥は柚月に気を使わせまいと笑顔をつくった。

すると、ここまでじっと事情を聞いていた千影が、なにか思い詰めたような顔で咲人と光莉のほうを向いた。

「……すみません、ちょっと店の外で話せませんか？」

咲人は、千影がなにを考えているのかなんとなく気づいていたが、とりあえず千影のあとに続いて、いったん表に出ることにした。

＊＊＊

白いウッドデッキの上で、咲人と双子姉妹は立ち話をするようにして並んだ。

さっきの猫たちは、まだ日陰の下で伸び伸びとくつろいでいる。

千影はおもむろに口を開いた。

「あの、ちょっと言いづらいことなんですが……」

千影は咲人と光莉の顔を見て、「やっぱり」と口をつぐんでしまったが、

「……厨房、手伝いたいって話？」

咲人が優しくそう訊ねると、千影は申し訳なさそうに「はい」と言った。

「叔父さんが入院していて困ってるようですし、私にできることがあればと、そう思っちゃったんです……」

千影は普段から家で家事をこなしている。真鳥たちが困っているし、その家事スキルをここで役立てたいと思ったのだろう。

ただ、今回は三人で旅行に来ている。

千影はなにか悪いことでもするかのように言ったが、その思いはけして間違っていない。

一人だけべつの行動をとるというのは、咲人と光莉に対し、いけないことをしていると言うか、心苦しいと言うか——そういう気持ちでいるのだろうと咲人は察した。

どう言ってあげようかと咲人が考えていると、先に光莉が口を開いた。

「でもさ、ちーちゃん……本当にいいの？」

「ううん、ダメだと思っているから……」

「そうじゃなくて、手伝う相手が真鳥先輩と柚月ちゃんだよ？　真鳥先輩はまだいいとして、柚月ちゃんは咲人を傷つけた張本人だし——」

「光莉、そのことは——」

「わかってるよ。——でも、咲人の中ではとっくに柚月ちゃんのことを許していて、解決した問題だよね？　うちは柚月ちゃんのことがまだ許せないかな……」

光莉は淡々と言ったが、その目つきはいつも以上に鋭かった。

「ちーちゃんは、柚月ちゃんのことが許せるのかな？」

「…………」

「咲人に罰ゲーム告白をした子だよ？」

「それは……わからない」

千影は自信なさそうにそう言ったが、

「でも、咲人くんにきちんと謝っているのは見てたし、真鳥先輩たちが困っているのは確かだから……」

そう言って、光莉の目を真っ直ぐに見据えて微笑んだ。

「うーん……そっかー……」

光莉は困ったように苦笑いを浮かべて、咲人のほうを見た。

「だってさ、咲人。どうする？」

咲人も苦笑いを浮かべたが、困った人を見過ごせないという千影の優しさに触れて、なぜか自分も優しい気持ちになった。

「千影が手伝いたいって言うなら、俺たちがすることも決まってるよ」

「うちらも手伝うってことだね？」

二人がニコッとしながら頷（うなず）き合うと、千影は「え？」と驚いた。

「ううん、私だけ手伝うから、咲人くんとひーちゃんは――」

光莉が「チッチッチー」と立てた人差し指を左右に揺らした。

「ちーちゃん、三人で付き合おうって話し合った日の夜を忘れちゃったのかな？」

「え？　あ……そうだったね……」

そのとき咲人も、あの幾千の星に願った日のことを思い出した――


『わ、我ら、天に誓う……！』

『私たち、う、生まれた日は違えど……あれ？　私とひーちゃんは一緒じゃ……』

『いいから続ける！』

『あ、うん……えっと……だから、三人でこれからもずっとずーっと……！』

『楽しくラブラブでいることを願わん！……て、感じかな？』

——あの『桃園の誓い』のようなもの。

（今思い出すと、なんだか小っ恥ずかしいけど……）

咲人はふっと笑って、ニコニコ顔の光莉と頷き合った。

「誰か一人でも欠けちゃダメなんだよ。うちらはジグソーパズルのピースみたいに、三人で一緒にいるからいいの。——ね、咲人？」

咲人の言いたかったことは、全部光莉がまとめてくれた。

「うん。千影が手伝いたいなら俺たちも手伝うよ」

「でも……」

「三人で手伝えば、真鳥先輩や柚月も助かるだろうし——」

咲人は照れ臭そうな顔で千影を見つめた。

「というか、俺が千影と離れたくないだけなんだけど、ダメかな……？」

その瞬間、千影はボッと顔から火が出るように真っ赤になった。あまりの嬉しさに半泣きになりながらも、笑顔を浮かべる咲人と光莉に向かって、

「はいっ！　私も、咲人くんとひーちゃんと三人がいいですっ……！」

と、笑顔で返した。

「じゃ、決まり！　うちから真鳥先輩に伝えてくるね～」

光莉はそう言って、咲人に向けてウインクをして店の中に先に戻っていった。あとはよろしく、ということだろう。

すると感極まった千影が咲人に抱きついた。

「……急にどうしたの？」

「嬉しいです……！」

「あ、えっと……よ、良かった……」

千影が胸に顔を埋める中、周りに人がいて見られていないかを気にする咲人だったが、すぐそばの猫たちだけがじっと見つめていた。

――して。

固まってゴロゴロしていた猫たちの中の一匹、白猫が千影の顔をじっと見つめていた。

急にピョンと台座から飛び跳ねると、音もなくデッキに着地する。

そうして、群れの中から一匹だけ外れた白猫は、何事もなく咲人と千影のそばを通りすぎていった。

千影はその様子を横目で見ていたのだが、なぜかその白猫を見ているうちに、ひどく懐かしい気分になった。

よく見たら、かつて自分が飼っていたマシロにそっくりだったからだろう――

「……どうしたの、千影？」

千影は、はっとした。

つい、マシロの面影をべつの猫に重ねてしまっていたようだ。

「あ、いえ……なんでもありません」

咲人は、千影の視線がどこに向いているのか気になった。

千影の視線の先を見たが、白い砂浜の上で人が戯れている様子しか見えなかった。

＊＊＊

「よっしゃ！　じゃ、三人にもバイト代を出すから今日と明日はよろしくな？」

真鳥がニコニコと笑顔を浮かべながら話す中、その横で柚月はプククと笑いをこらえていた。というのも――

「あの、ちょっといいですか……？」

千影が小さく手を挙げた。

怒っているのか、恥ずかしいのか、顔を真っ赤にして肩を震わせている。

「なに？　厨房のこと？　いやー、千影が料理めっちゃできるって聞いて安心したよ～」

「あの、そうではなく……」

「あ、休憩時間なら適当に――」

「だからそうじゃなくてですねっ……！」

千影はゲンナリとした顔で、自分の頭上を指差した。

「なんで私まで猫耳なんですか～～……」

真鳥が「え？」と小首を傾げる。……しらばっくれた顔だ。

柚月はというと、先ほど猫耳をあざといと言われたことを根に持っていたのか、千影の猫耳姿を見て笑いをこらえている。

ちなみに、このフワフワな猫耳のカチューシャは、形は一緒だが猫種が違う。

千影は黒猫で、光莉は茶トラ、真鳥は三毛、柚月は白猫といった感じだ。

「私、厨房にいるから必要ないですよね？」

「いや、だからそれはほら、世界観を大事にする的なやつだって！」

「世界観って、リゾート風の素敵なお店じゃないですか……爽やかで、夏の砂浜にぴったりで、こんな素敵なお店はそうそう無いですよ……？」

「え？　あ、ありがとう？」

真鳥は、褒められているのか叱られているのかよくわからない感情になって、とりあえず感謝だけ伝える。

「なのに猫耳って……積極的に世界観を崩しにいってますよね？」

「いやぁ、私に言われても……猫と触れ合える海の家っていうコンセプトみたいだし」

「それってお客さんが猫耳店員と触れ合うって意味じゃないですよね？」

「ん―――……―――」

真鳥は悩むような顔をしたあと、

「――似合ってるぞ、猫耳！」

と、綺麗な笑顔でグッと親指を立てた。

「って、誤魔化さないでください―――っ！」

そしてもう一人、スタッフの猫耳着用に異議申し立てをしたい人間がいて――

「あの……なんで俺までぇ～～……」

サバトラの猫耳を着けた咲人がゲンナリしながら言うと、

「なに言ってんだ、高屋敷。フツーに似合ってるぞ？」と親指を立てる真鳥。

「咲人、超似合ってるー♪　可愛いよ♪」と楽しそうな光莉。

「似合ってるんじゃない……？」とそっぽを向く柚月。

「すっごく似合ってます♡」と目をキュルルンとさせる千影。

女子四人は満場一致で咲人への猫耳着用を義務づけた。

（千影、君もか……）

ブルータス、お前もか――そう言ったユリウス・カエサルの気持ちが、咲人はなんとなく理解できた。

「ねえねえ、うちはうちは？」

光莉は楽しそうにクルッと回ってみせた。その愛らしさはなかなかで、最初から耳が生えていたのではないかと思うほどに似合っている。

（たしかに光莉は猫っぽいもんなぁ……）

奔放で、甘え上手なところが特に猫っぽい。

一方の千影もだいぶ似合っているが、どちらかといえば猫耳が可愛いというより、猫耳を着けて恥ずかしがっている姿が可愛く見える。

（いや、ほんと二人とも可愛いな……俺が猫耳にハマりそう……）

そんな感じで咲人が双子姉妹を眺めていると、柚月が静かに視界に入ってきた。

「鼻の下、伸びてるし……」

「伸びてないって……」

「ふぅん……」

「なに？」

「べつに……」

柚月は、なぜか面白くなさそうにしていた。

そこで真鳥が「よし！」と満面の笑みを浮かべた。

「じゃ、そろそろ休憩に来るお客さんも増える時間だから、気合い入れて頑張ろっか！」

＊　＊　＊

真鳥が言っていた通り、二時半を過ぎたあたりからお客さんの数が一気に増えた。それぞれの持ち場について対応していく。

そのうち、真鳥がオーダー表を持って厨房に声をかけた。

「千影、オーダー入ったよ。焼きそば二つに冷やし中華一つ」

「はい！」

厨房担当の千影は冷蔵庫の中から、すでに下準備の調っている食材を取り出し、次々に料理をこしらえていく。

厨房が狭いので一人ないし二人までしか入れないが、今のところ千影だけで十分回っていた。咲人はカウンター付近をウロウロしながら、たまに千影の補助をする。

「咲人くん、トッピングをお願いできますか？」

「オッケー」

なにをどれくらいのせるか、咲人は写真の画像で見た記憶を頼りに瞬時に対応する。

焼きそばは、青のり、紅生姜（べにしょうが）、マヨネーズ、鰹節（かつおぶし）の四つのトッピングがあり、のせる・のせないの指示があるので、オーダー表を頼りに正確にのせた。

「真鳥先輩、焼きそば二つ、冷やし中華一つ、上がりました！」

「オッケー！」

真鳥が料理を運ぶ姿を追いかけると、テーブル席でオーダーをとっていた光莉が、大学生風の男性二人に声をかけられている姿が見えた。

咲人は思わずじっとそちらを見たのだが——

「ねえ君、このあと俺たちと遊ばない？　夜とか」

「ごめんなさい、じつは彼氏も来ていて、このあと一緒に遊ぶ予定なんです」

「えー？　マジー？」

「はい。誘ってくださってありがとうございます。——それで、ご注文は？」

ニコニコと笑顔で応対しているが、光莉は社交辞令モード発動中だった。笑顔と話術で軽くかわし、それ以上声をかけられないようにしている。これが初接客とは思えないほどの対応力で、咲人はほっと胸を撫で下ろした。

一方、親子連れの接客中だった柚月は、小さな女の子に笑顔を向けている。

「へ〜、初めて海で泳げたんだ？　すごいね？　怖くなかった？」

「うん！　えへへ〜♪」

相変わらず子供の扱いに慣れているようで、小さな女の子と仲良くなっていた。女の子の両親も笑顔で二人を見つめている。

すると今度は、茶髪で褐色の大学生風の女子二人組が咲人に近づいてきた。

「すみません、あのチェキって記念に撮ってもらえるんですかー？」

「はい。──真鳥先輩、チェキ、お願いできますか？」

「はーい！」

カメラと言えば真鳥先輩といった感じで、咲人は真鳥にパスする。

真鳥はカメラを持って、表でゴロゴロしている猫たちの前に案内し、猫たちと一緒に写真を撮った。

ちなみにチェキは一枚三百円（税込み）。それと、カメラやスマホを渡されたらサービスで撮ることにしているらしいのだが、お客さんが勝手にSNSに投稿してくれるので、店側からすると無料で宣伝になるのだとか。

しばらくして、大学生風の女子二人組は満足そうな笑顔で去っていった。

真鳥が店内に戻ってくると、咲人はカウンターから声をかけた。

「ありがとうございます。上手く撮れましたか？」

真鳥は「あたぼーよ」と言って咲人にチェキを渡した。

「これは？」

「店に飾る用に撮ったやつ。仕上がったら油性マジックで日付書いて、そこのコルクボードに貼っといて」

「わかりました」

しばらくしないうちに、フィルムの表面に薄っすらと写真が浮かび上がってきた。

笑顔でピースしている女子二人のあいだに、さっきの猫たちがぼんやりと浮かび上がってきた。咲人は気になっていたことを訊ねてみた。

「あの、真鳥先輩」

「なに？」

「この四匹の猫って、もともとここの飼い猫ですか？」

「ううん、野良。その子たちは前からずっといるんだ。なんて言うか、うちの守り神的なの？　その子たちと写真を撮りたくて、わざわざ遠くから来る人もいるってさ」

「へぇ～……」

「SNSで、水着で猫とチェキが撮れる海の家って、ちょっとは人気なんだぜ？」

たしかに珍しいかもしれない。

咲人は仕上がった写真に今日の日付を書いて、コルクボードにピン留めしておいた。

＊　＊　＊

しばらくして、咲人はゴミ出しのために店の裏手へと向かった。

すると、千影が誰かと話している声がして――

「いい？　これは、べつに気を許したとかじゃないんだからね!?」

——ツンデレ？　誰に対して？

咲人は壁の陰から顔を出して、千影が誰と話しているのかを覗(のぞ)いた。すると——

「そういうわけだから……はい、どうぞ」

千影が餌皿を地面に置くと「ニャー」と言いながら猫たちが寄っていく。

どうやら猫たちと会話をしていたらしい。

「……千影？」

「はえっ!?　咲人くんっ!?」

見られたくなかったのか、千影は顔を真っ赤にした。

「その子たち、この店の守り神？　ごはんをあげてたの？」

「はい……。店の裏手でミャアミャア鳴いていて、たぶんお腹(なか)が減っているんじゃないかと思いまして……」

「そっか。そのキャットフードは？」

「ここの店長さんが店に置いていたものです。餌皿もあったので、私が、なんとなく

「……」

　もう一度咲人が地面のほうを見ると、四匹の猫たちが交互に餌皿に顔を突っ込んで、カリカリとキャットフードを食べている。なかなかに愛らしい光景だ。

「あのさ……一つ訊いてもいい？」

「なんですか？」

「マシロ……千影は昔、そういう名前の猫を飼ってたの？」

「っ……!?　……は、はい。よくわかりましたね？」

「まあ、なんとなく――」

　――口ではそう言ったが、やっぱりか、と思った。

「小学生のころ、私が真っ白な子猫を拾ったんです。マシロと名前を付けて飼っていたんですが……」

　千影は口をつぐんだが、その先のことは想像できた。

「それなのに、どうして猫が苦手になったの？」

「……どうしてでしょう？　マシロがいなくなって、急に怖くなっちゃいました」

「そっか……」

「そう言えば、白い子がいない……どこに行っちゃったんだろ？」

咲人は、キョロキョロと辺りを見回す千影を見ながら、彼女の抱えている猫への苦手意識をなんとかできないかと思った。

猫が苦手——本人はそう言っていた。

が、なんとなくでも、こうしてごはんをあげたのを見れば、猫を本心から嫌っているわけでもなさそうだ。

嫌いではなく、苦手——

(最初はここに連れてきて失敗だと思ったけど、そうでもないかもな……)

この旅行で、猫への苦手意識がなくなってくれたらいいなと咲人は思った。

第4話　海で遊んじゃう……？

四時前ごろ、ようやく客足が減り、掃除や片づけのほかにすることがなくなった。

「いや～、ほんと助かった！　夕方からも忙しくなるから、一時間くらい休憩してきて」

真鳥がそう言うと、咲人と双子姉妹はほっとした表情をした。特にこれといったトラブルもなく、来客者に十分なサービスを提供できたようだった。

「あ、柚月ちゃんも三人と一緒に行ってきなよ？」

「え？　私は……」

「知り合いなんだろ？　ほら、遠慮せずに行った行った」

柚月はしぶしぶといった感じだった。

この三人と遊ぶと言っても、柚月にとって気まずいだろうと思っていたら、

「じゃ、柚月ちゃんも一緒に行こーよ？」

と、光莉が柚月の腕に触れた。

これには咲人も驚きだった。特に社交辞令的な感じも、柚月に対して気づかった感じも見受けられない。ただ単に、友人や仲間を遊びに誘った風にも見える。

柚月のことはまだ許せない――そう言っていたのは光莉だったのに、光莉のほうから歩

み寄ったのは、なにか意図でもあるのだろうか――

（――あ、なるほど……）

一瞬だけ、柚月を見る光莉の目つきが鋭くなったのを見て察した。

人間の内面を覗き込むような、観察する目。

草薙柚月が本当はどんな人物なのか――光莉は見極めようとしているのだろう。

「え？　でも……」

遠慮がちに、断ろうとする柚月だったが、

「みんなで遊んだほうが楽しいですし、柚月さんも行きましょう？」

と、千影も微笑みつつ、柚月の反対側の腕をとった。

双子に両腕をとられ、逃げ場を失ってしまった柚月は、少し困ったような、照れ臭いような顔で左右を見たあと、咲人に伺いを立てる。

「えっと、私もいいのかな……？」

「うん。せっかくだし、柚月も行こうよ？」

咲人が言うと、柚月は頬を赤くしながら「うん」と俯いた。

そうして、店から出ようとしたとき、

「あ、猫耳はそのまま着けていってね？　お店の宣伝にもなるし、それ、いちおう防水加工だからさー」

真鳥にそう言われて気づき、いつの間にかすっかり猫耳が馴染(なじ)んでいたことにビクッとなる四人だった。

＊　＊　＊

海の家『Karen』を出たあと、四人は設置していた拠点にやってきた。

クーラーボックスに氷と飲み物を入れ、いざ水着に着替える。

とはいえ、柚月はすでに水着だった。猫耳とエプロンをとっていたので、ただのキャミキニ姿になっている。

改めて柚月を見ると、胸元はフリフリでよくわからないが、可愛(かわ)いおへその下、腰からお尻にかけてのラインは完璧に見える。どちらかといえばスレンダーなモデル体形で、けして宇佐見(うさみ)姉妹に引けはとっていないプロポーションだ。

咲人の視線に気づいた柚月が、頰を赤らめながら睨(にら)んでくる。

「な、なに？」

「その水着、自分で選んだの？」

「そうだけど……なに？」

「いや、似合ってるから」

「そ……そういうの、サラッと言わないで！」

柚月は怒ったように言う。いちおうは照れているのだろう。

こういうとき、光莉と千影だったら喜んでくれそうなものなのに――女の子だからか、柚月だからなのかはわからないが、人を褒めるのは難しいなと咲人は思った。

「んしょ、んしょ――」

「ふぅー……よし！」

光莉と千影が脱ぎ出した。

光莉は穿いていたショートパンツのジーンズを脱ぎ、Tシャツを裾から持ち上げるようにして脱ぐ。千影は周囲を気にしながら、おもむろにワンピースの胸ボタンを外し、右肩、左肩と、肩紐をそっと下ろした。

この二人のお着替えシーンは咲人の胸をざわつかせた。

赤くなっている咲人を見て、柚月がムッとした顔をする。

「なに？」

「鼻の下……」

「伸びてないって……」

咲人は気まずさを感じつつ、やれやれと首の後ろを掻いた。

「お待たせー！　じゃっじゃーん♪」

急に視界に光莉が割り込んできたのだが、咲人は思わず「おおっ」となった。

「にししー♪　咲人、うちの水着、どうかな？」

光莉の水着は首の後ろで紐を結ぶ派手な三角ビキニ。

セクシーさと可愛さが渾然一体となっている。

彼氏からすれば、当社比二・五倍の可愛さ。それにも増して、この素晴らしいプロポーション――咲人はただただ感心するしかない。

「すごく可愛いと思う……似合ってるよ」

「ありがと♪　咲人から『可愛い』いただきました～♪」

笑顔でクルッと一回転する光莉は、太陽の光を浴びていっそうはつらつとして魅力的に見えた。

すると、隣からボソッと声がする。

「ほら、鼻の下」

「だから伸びてないって……」

柚月に指摘され、咲人が真っ赤になっていると「あの」と千影から声をかけられた。

そちらを向くと――

「咲人くん、どうですか……？」

ラスボス登場――いや、この砂浜に女神が降臨したのだろうか。

千影が着ているのは光莉とは若干異なる黒い三角ビキニ。

トップスにはフリルがついているが、あざとくも、きちんと谷間を強調する構造になっており、包み隠せないほどの色気が溢(あふ)れ出してしまっている。

ヒップラインと白い脚も、なんだかひどく扇情的だ。

光莉と柚月からも「おおっ」という声が出た。

「変じゃ、ないですか……？」

そう言いながら、千影は右手で自分の左肘のあたりを持った。本人が意図しているかわからないが、そのせいで千影の大きな胸がグイッと強調される。

「あの……えっと……変じゃないと言うか――」

――ものすごくイイ。

それを口に出すのは憚られ、どこから褒めようか迷うほどだった。

「攻めたねぇ～？　咲人、真っ赤じゃん？」

「いや、これは暑いからで……！」

「あれれ？　暑さのせいだけかなー？」

光莉がニヤニヤして訊ねるものだから、咲人は余計にしどろもどろになった。

そんな咲人の顔を、柚月は冷ややかな目で見つめていた。

「……なに？」

「べつに……咲人って、そういうリアクションするんだなーって思って」

どんなリアクションだよ、と咲人は柚月を睨んだが、ツーンとした顔でそっぽを向かれた。

咲人は改めて千影の顔を見た。

照れ臭いが、伝えるべきことは伝えねば――

「ほんと、よく似合ってるよ。可愛い」

「ほ、ほんとですかっ⁉　良かった～……！」

安心して喜ぶ千影を見て、なんだか咲人もほっとする。

そこで、ひときわテンションの高い光莉がグッと拳を天に突き上げた。

「じゃ、みんなで海で遊ぶぞぉ——っ！」

＊　＊　＊

波打ち際までやってくると、光莉が「きゃ」と楽しそうに跳ねた。

「冷たくて気持ちぃぃー！　ほら、みんなも早く早くっ！」

「ほんとだ、気持ちいいですよ、咲人くん、柚月ちゃん！　——ひーちゃんっ！　いきなりかけないで……きゃっ！　もう～！」

「柚月ちゃんも～、えい！　えい！」

「ひゃっ！　光莉ちゃん、顔にかかるからっ！」

そう言いつつも、柚月は楽しそうな表情を浮かべている。

浜辺で水をかけ合う美少女たち——つくづく絵になるなとボーッと眺めていたら、三人がにじり寄ってきた。

「な……なに？」

「「「せーの——」」」

「うわっ！　ちょっ……！」

三人からバシャバシャと水をかけられた咲人は、海水のしょっぱさを存分に感じた。

それから四人でひとしきり海の中で遊んだ。

浮き輪を使ってぷかぷか浮かんだり泳いだりしたが、このあと店に戻るため、女子三人はなるべく髪を濡らさないようにしていた。

そうして遊んだのち、喉を潤すために先に拠点に帰ってきた咲人のところに、柚月もそっと戻ってきた。

「柚月も水分補給？」

「うん。――なんか、笑顔だね？」

「ああ、あの二人はいつもあんな感じでニコニコしてて――」

「じゃなくて、咲人の話」

「え？　俺？」

「私といたときは……」

「なに？」

「……ううん、なんでもない」

柚月はペットボトルのキャップを取って、一口、二口と口に含んだ。

（なんだよ……）

そうは思いつつも、柚月の言わんとしていたことはわからなくもない。

柚月と一緒にいたころは無表情だった。うまく感情が伝えられず、もどかしい思いや心配をかけていたのかもしれない。あるいは、退屈なやつだと思われていたのだろうか。

そんな「お勉強ロボット」だったころの自分を思い出し、苦笑いを浮かべる。

(あのころの俺が今みたいだったら、柚月との今も違ってたのかな……)

今みたいだったら――柚月とのこのぎこちない関係は、幾分かはマシだったのだろうと咲人は思った。

＊　＊　＊

「よーい……ドン!」

咲人の合図で、波打ち際を光莉と千影が駆け出した。

勝ち負けになにかの条件を出すというわけでもなしに、単純に、姉妹でどちらの足が速いかという駆けっこのようだ。

千影はなんとなく足が速いと思っていたが、光莉もなかなかだ。普段運動していない印象だが、こうして走っている姿は、陸上のスプリンターのように見える。

(光莉は新聞部より陸上部のほうが似合いそうだ。千影もなにか部活に入ればいいのに)

そう思いつつ、二人がはしゃいで駆けていく姿を眺めていたら、隣にいた柚月がそっと口を開いた。

「賢いだけじゃなくて、運動もできるんだ、あの二人……」

「光莉はわからないけど、千影は体育『5』って言ってたよ」

「ふぅん……」

実際、千影は体育以外もオール『5』。日々の努力によるところが大きいが、彼女のストイックな部分は、最近だらけてばかりの咲人も見習いたいところだった。

「そう言えば、柚月はどうして双子町に？」

「私のバイト先、『Ange』ってカフェ、覚えてる？」

「ああ、うん」

「そこのオーナーさんに紹介されたの。一週間の住み込みバイトがあるからどうかって。オーナーさん同士が知り合いみたい」

「『Karen』のオーナーさんって、店長さんのこと？」

「ううん、べつにいるみたい」

ふと柚月は小さくため息を吐いた。

「……でも、真鳥先輩と咲人たちが知り合いだって知って驚いた。というか真鳥先輩、咲人が前に言ってた新聞部だったんだ？」

「あははは……まあね」

「……なんで苦笑い？」

「ま、いろいろあったんだよ……」

夏休み前の新聞部での騒動を思い出して、咲人はやれやれと思った。

そうしているうちに双子姉妹がゴールしたようで、勝者は千影のほうだった。

二人は手を振りながらこっちに戻ってくる。

「……で、どっちが咲人の本命なの？」

「またその話か……」

「だって、気になるし……」

「なんで？」

「彼女いるって言ってたじゃん？　まさか彼女を置いてあの二人と海に来てるとか考えられないし……」

咲人は思わずふっと声にならない笑いを浮かべた。

「……なに？」

「いや、なんでもない」

「気になるじゃん。てか、本当に彼女いるの？　教えてよ？」

「いいや、教えない。前に秘密だって言ったろ？」

「……意地悪」

柚月は面白くなさそうに、「フン」と鼻を鳴らした。

しかし、二人とも彼女だと伝えたら、柚月はどういう反応をするのだろうか。

驚かれるかもしれないし、呆れられるかもしれないし、引かれるかもしれない。

柚月にバレたときのリアクションを想像して楽しんでいると、双子姉妹が戻ってきた。

二人は戻ってくるなり、咲人の腕をとる。

「なになに、なにを話してたのかな？」

「むぅ〜……怪しいです」

「なんでもないよ」

と、咲人は苦笑いを浮かべた。

柚月はジーッとその様子を訝しむような目で見ていたが、やはり「どっちが彼女か？」

という問いに対する答えは導き出せないようだった。

＊　＊　＊

四人で小一時間ほど遊んだあと『Karen』に戻ってきた。

「真鳥先輩、戻りました」

真鳥は、釣り人風の中年男性と困ったように顔を合わせていた。

「あ、おかえり」

「なにか、あったんですか？」

咲人が訊ねると「それがさぁ」とやはり困ったように真鳥が言う。

「こちら、叔父さんの知り合いなんだけど、これから船で海に出ようとしたら、エンジンがかからないんだって……」

「故障ですか？」

「たぶん……叔父さんなら修理できると思ってここに来たみたいなんだけど……」

残念だが、入院中でいない。

このあたりで修理できる人はほかにいないのだろうか——

「じゃあうちが見てみましょうか？」

「え？」

真鳥と中年男性が、光莉を見て驚く顔をした。

「光莉、修理できるの？」

「電気系統なら得意なので。原因がわかれば修理できるかもしれません」

するとと中年男性は「へぇ」と感心した顔をした。

「それじゃあ見るだけ見てもらってもいいかな？　修理代も払うから」

「はい！　――あ、真鳥先輩、ツールボックスってありますか？」

「それなら裏の物置にあると思う」

「わかりました。ちょっとお借りしますね――」

光莉はそう言うと店を出て物置のほうへ向かった。

「じゃ、船のほうは光莉に任せて、うちらは夕方の準備をしよっか。私は千影に料理を教わりたいから、教えてもらえる？」

「わかりました。では、厨房で待ってますね――」

そう言って千影も店の奥へ行く。……ちゃっかり猫耳を装着しているあたり、律儀なのか、それとも気に入ったのか。

「高屋敷はカウンターで、柚月ちゃんと一緒に接客してもらえるかな？」

「あの、それなんですが、俺は光莉についていっていいですか？」

「ほぉ――ん」

と、真鳥は急にニヤついた。

「……なんですか？」

「べっつにぃ～……じゃ、高屋敷、光莉のことよろしくなー？」

真鳥はなにか勘違い（勘違いでもないが）をしているようだが、とりあえず咲人は無視しておいた。

＊　＊　＊

波止場は防波堤を挟んで反対側にあった。

様々な形の船が停まっている中、中年男性に案内されて、咲人と光莉は故障した船のところまでやってきた。それほど古くなさそうな、海釣り用の小型ボートだった。

「光莉、電気系統が得意って言ってたけど、船の点検できるの？」

「ひと通りは。じつはこのあいだ小型船舶二級免許を取得したんだー」

「え？　それはすごいな……」

「えへへへ、ピース♪　ってことで、船の操縦と一緒に修理と点検の仕方も勉強したから、任せてほしいな」

光莉はギアの点検やキルスイッチ（操縦者が船から落ちたりした場合にエンジンを停止させる安全装置）が外れていないかなどを確認した。

「うーん……ここまでは大丈夫っぽいけど、もしかして──」

光莉はツールボックスから回路計(テスター)を出して、バッテリーに繋(つな)いだ。

「──やっぱり。最後にバッテリーを交換したのっていつですか？」

「えっと……船(こいつ)を買ったばかりのときだから、三年前くらいかなぁ……」

「でしたらバッテリーの寿命かもしれませんね」

すると中年男性は「なるほどな」と納得したが、すぐに困った顔になった。

「でも、予備のバッテリーがなぁ……」

「船舶用のバッテリーか──」

咲人は双子子町(ふたねこ)に来てから、ここまでの記憶を思い出す。

「──商店街の外れに釣具屋さんがありましたよね？」

「ああ、その店ならさっき寄ってきたよ？」

「そこならあるかもしれませんし、一度電話してみたらどうですか？」

「バッテリーがあれば交換できますよ」

中年男性は、また「なるほど」と納得して、さっそく釣具屋に電話をかけた。

すると、船舶用のバッテリーを置いていることがわかった。すぐに買ってくると言って行ってしまうと、咲人と光莉(ひかり)の二人きりになる。

「ほんとすごいな、光莉」

「……？　なにが？」

「いや、船の修理とか点検ができるところとか。小型船舶の免許もとるとか、なかなかできないことだよ」

「うーん……考えるより、まずは行動してみることが大事かな？　ほら、好きなこととか、やってみたいことがあったら、すぐに動かないと気持ちが萎えちゃうから」

たしかに光莉の言う通りだ。

アレをしてみたい、コレをしてみたいと考えても、その場では気持ちは盛り上がるのに、時間が経てばどうでもよくなることが大半だ。

「てなわけで――」

と、急に光莉が抱きついてきた。

「思い立ったら即行動」

「うっ……ちょっと立ち止まって考えるのも大事かと……」

「うちとキスしたくないの？」

「そりゃ、したいけど……でも、このタイミング？」

咲人の問いかけに、光莉はただクスッと笑って返し、静かに目蓋を閉じた。

少しだけ長いキスのあと、光莉は頬を赤くしたまま微笑(ほほえ)む。

「タイミングは、咲人がしたいときにいつでもオッケーだよ」

「うん……」

「あとでちーちゃんにもしてあげてね？　今日はいっぱい頑張ってたから」

「わかった……」

「じゃ、あともう一回だけ――」

――して。

二人が二度目のキスする瞬間を、一匹の白猫が防波堤の上から見つめていた。

ちょうど黄昏(たそがれ)時の空が、海に反射している時間帯だった。

水面(みなも)は黄金が輝くように煌(きら)めいている。

終わらない長いキスに飽き飽きしたのか、白猫は大きくあくびをしてから、両脚を前に出して背筋を伸ばし、ピョンと飛び降りて、どこかへ行ってしまった。

ツイントーク！② ゲストは彼氏の幼馴染？

「——ねえ、二人ともちょっといい？」

休憩時間のときだった。浜辺でお城をつくって遊んでいる双子に柚月が声をかけた。咲人がトイレに行っていたタイミングだったので、光莉は「なるほどね」と小さく呟いた。

「もしかしなくても、咲人のこと？」

柚月はギョッとして「うっ……」となった。

「そ、そうだけど、光莉ちゃんと千影ちゃんも関係してること……」

「うちらが？　なにかな？」

「その……どっちが咲人の彼女なの？」

光莉と千影は互いに顔を見合わせ、クスッと笑い合った。

「逆に、どっちが彼女だと思うのかな？」

「それがわからないから訊いてるの。咲人は秘密だって教えてくれないし……」

「どうしてそのことが気になるんですか？」

「うっ……さ、咲人は、私の幼馴染だし……」

そんなことは理由にならないかと思いつつ、柚月は緊張を隠すように二人から目を逸らした。

柚月は『あじさい祭り』のときから、宇佐見(うさみ)姉妹を苦手に思っていた。

千影は気が強い部分もあるし、怒らせると怖い。男子の松風隼(まつかぜしゅん)に対しても、食ってかかる勢いで意見を言っていた。美人だが、機嫌を損ねてはならない人だ。

光莉も笑顔の仮面で心の内を見せない。それなのに、ズバリといろいろ言い当ててくるから、相当頭のキレる人なのだろう。

二人のうち、特に光莉のほうが苦手だ。今だってそう——訊(たず)ねる前に「咲人のこと？」と言われ、頭の中を覗(のぞ)かれたような気分だった。

そんな感じで、姉妹揃(そろ)って怒らせたら怖い人たちなのだと柚月は理解していた。

ただ——本当は優しい人たちだとも思う。

中学時代までの咲人に比べて、今、穏やかな表情で過ごしている咲人を見れば、この二人の影響力は強いのだと認めるしかない。

美人だし、スタイルもいいし、頭も良くて、運動もできて——凡人の自分にはないものを、この双子姉妹はそれぞれ持っている。素直に、敵(かな)わない人たちなのだとも思う。

咲人が彼女たちに出会って変わったのなら、自分も知りたい。咲人をどうやってあそこまで変えられたのか？　そのことが柚月は気になって仕方がなかった。

それから、どちらが彼女なのかも知っておきたかった。

その理由は、柚月自身も判然としない……が、それでも——

すると、光莉が「はいはい」と手を挙げた。

「じつはうちが咲人の彼女なんだよね〜」

「あ、ズルいっ！　違います！　私が彼女です！」

千影も、自分が自分がとアピールするように手を挙げた。

「えっと……だから、本当はどっち？」

「うち！」「私です！」

柚月は大きなため息を吐いた。

咲人だけではなく、この双子にまでからかわれているのだろうか。

「……わかった。じゃあ、こうしない？　咲人の『ある秘密』を教えるから、どっちが付き合っているか教えてくれない？」

「咲人の秘密？　なになに？」

「どんな秘密ですか？　気になります」

双子姉妹が興味を示した。

「咲人にとって恥ずかしい秘密というか、弱点的なところ」

「なにそれっ⁉」

「とっても興味があります！」

「じゃ、どっちが彼女か、正直に手を挙げて？」

「うちうち！」「私です！　私！」

ダメだこりゃ――と、柚月はまた大きなため息を吐いた。

ただ、今のやりとりで一つだけわかったことがあった。柚月はそっと微笑を浮かべる。

「……二人とも、咲人のことが好きなんだ？」

光莉と千影は顔を合わせて頬を赤く染め、

「うん！」「はい！」

と、純真無垢な笑顔を柚月に向けた。

いよいよ、咲人の彼女がどっちなのかわからなくなったが、この二人の笑顔を見ている
うちに、なんだかそれもどうでも良くなってきた。

咲人が良いほうに変わったのはこの二人のおかげ――そう思うと、なんとなく気持ちが
軽くなった柚月だった。

それにしても――

咲人が、彼女がいると言っていたのは嘘だったのだろうか。

いや、自分が知る限り、咲人は嘘をつくタイプの人間ではないはず。少なくとも自分に対しては——ああもう、わからなくなってきた。

ただ一つ、今、どうしても気になることがあった。

柚月は双子姉妹のつくっていた城を指差した。

「あの、それ……さすがに、城過ぎない？」

「「え？」」

聞き慣れない「城過ぎる」という言葉に双子姉妹はキョトンとしたが、二人の前には高さ一メートルほどの立派な砂のお城ができていた。しかも細部までこだわっている。模型のようで、とても砂でつくったとは思えないクオリティだった。

するとそこに咲人が戻ってきた。

「——あ。それ、ノイシュヴァンシュタイン城？　ドイツの」

「さすが咲人、よくわかったね？　世界一美しいって言われているお城だよ♪」

「咲人くん、将来は三人でここに住みましょう！」

「いや、無理じゃないかなぁ？　敷金とか礼金高そうだし。——それにしても細かいところまで再現できててすごいなぁ。写真撮っておこう」

柚月はいろいろツッコミたかったが、この三人の一般人とはズレた感覚に、どこからど
うツッコんだらいいものやら、ついにわからずじまいだった。

ただ、写真を撮ったあとのこと――

「柚月さん、ちょっといいですか？」

柚月は、千影からそっと声をかけられた。

「その……昔の咲人くんのことを教えてもらってもいいですか？」

「え？　どうして？」

「咲人くんのことを、もっとよく知りたいと思いまして……ダメでしょうか？」

千影は自信がなさそうに、それでいてきまりが悪そうに言った。

（この子……光莉ちゃんに勝ちたいのかな……？）

怖い人だと思っていた。

けれど今は、恋愛に不安を抱えた可愛らしい女の子にしか見えない。

おどおどとした千影に共感を覚えた柚月は、少しだけ咲人の過去を伝えたのだった。

第5話　月も綺麗ですね……？

波止場から戻ってきたあと、咲人たちはせっせと仕事に勤しんだ。

六時を回って仕事終わりの地元の若者たちがやってくると、ちょっとしたパーティーになった。みんな真鳥の叔父の顔馴染みである。

そこからはだいぶ忙しかったのだが、八時には解散になった。

ひと通り閉店作業を終えたあと、真鳥が笑顔で全員に指示を出した。

「みんなお疲れ様！　じゃあ今日は上がりっ！」

猫耳とエプロンを外した咲人たちは、なんとか一日乗り切ったことにほっとしていた。

（働くって、こういう感覚なのかな……）

安堵すると同時に、どっと疲れが押し寄せてくる。

しかし、女子四人に比べれば、カウンターで会計や周りの補助をする以外なにもしていない気もした。むしろ、いろいろな気疲れのほうかもしれない。

光莉はあの船の修理を完璧にこなし、中年の釣り人にとても感謝された。そして、その男性は閉店間際に釣ったばかりのイカをごっそりと持ってきた。

光莉は笑顔で受け取っていたが、さすがに持て余す量だったので、海の家でそのまま使うことにして、千影に渡していた。

その千影はというと、厨房で大活躍だった。

空いた時間で明日の仕込みまで終わらせた上、手が空いた真鳥と柚月にも料理をレクチャーし、洗い物も溜めずになんなくこなすという万能ぶりである。

その柚月と真鳥もこれまでのバイト経験を活かしてフロアで活躍していた。

(俺も明日はもう少し頑張らないとな……)

すると、咲人のところに真鳥がやってきた。

「高屋敷、やっぱすごいな」

「え？　なにがですか？」

「カクテル。よくつくれるな？　やったことあんの？」

「ああ、そこの本を読んで覚えたんですよ——」

本を読んで覚えたことをそのままやっただけ。カクテルシェーカーの使い方も、なんとなくテレビで観たプロのやり方を真似てみただけだった。

とはいえ、本に載っているレシピをすべて頭の中に入れたので、注文を受けてからいちいち本を開くということはしていない。客からしたら、相当カクテルをつくり慣れているのだろうな、という認識になる。

当然のことながら、味見をすることができないので、味の保証はいっさいない。

つまるところ、レシピ通りにつくれば間違いないだろうとのことで、分量を正確に、間違えないようにだけ注意していただけだった。

「――まあ、見様見真似です」

「へぇ～、だったら才能あるかもな？」

ただ酒を混ぜただけで才能があると言われても、あまり褒められた気にならず、咲人は苦笑いを浮かべた。

それから真鳥は千影に話しかけにいった。

「千影、ほんと手伝ってくれてありがと～！　料理、みんな美味しいって言ってたよ！」

「いえいえ、お役に立てて良かったです」

「光莉、マジで助かった！　てかさ、船の修理とかよくできるね？」

「いえいえ、バッテリーを交換しただけなので」

「柚月ちゃんもありがとう！　接客パーフェクトじゃん！」

「まあ、バイトで慣れてますから……」

真鳥はそうやってひとりひとり褒めたり労ったりしていた。敵に回すと面倒だが、味方につけると基本的には良い先輩なのかもしれない。

（千影も満足そうだな……）

双子子町に来た当初は暗かった表情も、今は疲れているだろうに明るい。頼られたこと、責任あるところを任されて、充実感を得たのだろう。

最初はイレギュラーな事態に巻き込まれてしまったと思ったが――

これはこれで有りなのかもしれないと咲人は思った。

＊＊＊

バーベキューコンロの上で、肉や魚介、野菜がジュージューと焼けている。

千影がバーベキューの道具を借りてもいいかと訊ねると、それならと真鳥が食材まで提供してくれ、少し遅めの夕飯は五人でバーベキューとなった。

「てかさ、ほんとにお金じゃなくて良かったの？」

真鳥が訊ねると、千影はニコッと微笑む。

「ええ、これで十分です。私たちはアルバイトではなくお手伝いですので」

「そっか……ま、良い肉だし、海鮮も野菜もこのあたりのものばっかだ。楽しんでよ」

「ありがとうございます、真鳥先輩」

そのあと真鳥は今日の記念にと、みんなの写真を撮って回っていた。

ところで光莉はさっきから肉と海鮮ばかりを交互に食べていた。

「うぅーん、どれも美味しいぃー……！」

「ひーちゃん、お肉ばっかり食べてないで野菜も食べてね？」

千影に注意されても光莉はニコニコと笑顔だ。

咲人はその様子を笑顔で眺めながら、木炭を入れたり、網や鉄板が焦げないようにコンロの調節をしていた。すると、そっと柚月が話しかけてくる。

「……咲人、代わろっか？」

「ん？　いや、いい。こういうの好きだから」

「そっか……そう言えば咲人、中学のときの林間学校でも楽しそうにしてたよね？」

「うん。火の番をしてたら、特に誰かと話す必要もなかったし」

「うっ……なんか、ごめん……」

「……？　なんで柚月が謝るの？」

「いや、わからないならいい、やっぱ……」

柚月はバツの悪そうな顔をして、真鳥に話しかけに行った。

「咲人咲人」

「ん？　どうした光莉？」

光莉はニコニコとしながら箸で肉をつまむ。

「さっきから食べてないでしょ？　はい、あーん……」

「あー……」

遠慮なく頬張ると、焼き肉のタレの付いた肉が口の中で旨味を出す。本当に良い肉のようで、あまり硬くなく、いくらでも食べられそうなくらい美味しかった。

「美味いな！」

「でしょ？　もう一回あー……」

すると千影がやってきて、

「ズルいです！　順番的にもポジション的にもそこは私のはず！」

そう言いながら、箸でイカを差し出してきた。さっき光莉がもらったやつだ。

「あーんしてください」

「わかったよ。あー……」

イカの独特な食感と味は咲人も好きだったが、これはなかなか。新鮮なだけに、普段スーパーで買ってきたものよりも美味い。

「美味い！」

「良かった～。もう一口どうですか？」

「あ、じゃあもう一口」

「咲人、次はうちだよ？」

「え？　ああ、うん……」

双子姉妹がこぞってあーんをしてくるものだから、咲人としてはせわしない。というか、なにもしなくても延々と美味しいものを口の中に運んでもらえるので、超便利――

（――はっ……⁉）

これは、以前咲人が学食で拒んだ『ノーハンド・ツイン・イーティング・システム』――ＮＴＥＳだ。しかも今回は姉妹が交互に運んでくれる改良型。すなわち――

「ＮＴＥＳ・改……⁉」

双子姉妹はキョトンとした。

「咲人、なにかな、それ……？」

「美味しいときのリアクションの一種ですか……？」

開発者の二人は、まるで覚えていないというようなリアクション。しかも、気を使うような笑い方をされ、咲人はみるみるうちに真っ赤になった。

「いや、二人が開発したシステムだからね……？」

――して。

この三人の様子を、真鳥と柚月がじっと見つめていたのだが――

「真鳥先輩、どっちが咲人の彼女にふさわしいと思います？」

「うーん……私的にはやっぱ光莉かなぁ？　新聞部のよしみで。光莉って、高屋敷と一緒だとすげぇ可愛く笑うんだぜ？」

「私は千影ちゃんに頑張ってもらいたいと思ってます」

「ほう？　どうして？」

「べつに、なんとなく……。頑張り屋なところとか、責任感強いところとか……」

するとと真鳥がニヤッと笑った。

「じゃあ賭けねぇ？　どっちが高屋敷のハートをゲットするか！」

「それって、こっちからのテコ入れも有りですか？」

「だな。つーかテコ入れしないとあのまま動かなそうだしな、あの三人」

「じゃあ、私は千影ちゃんで」

「じゃ、私は光莉な？」

――と、勝手に三人の関係を考察して、余計なテコ入れをしようと画策し始める。

「つーかさぁ、柚月ちゃんはどうなの？」

「え？　なにがですか？」

「高屋敷のこと。幼馴染だって聞いたし、なーんかあるんじゃねぇの？」

「えっ⁉　ないない、そんなのないですって……！」

「ほんとかぁ？　私の鼻がプンプン臭うって言ってるんだけどねぇ？」

柚月は右手で左肘のあたりを持った。

「……私は、べつに。ただの幼馴染ですから……」

「ふぅん……そっか～」

真鳥はそう言いつつも、急に表情を暗くした柚月の横顔が気になった。

＊　＊　＊

バーベキュー開始から一時間ほどが経過し、そろそろお腹もいっぱいになった。

「ちょっと待っててね？　フー……フー……。──はい、お待たせ♪」

光莉が味付けをしていない肉を調理バサミで切り分けて冷まし、足元にやってきた猫たちにやっていた。真鳥が言っていた、海の家の守り神たちである。

「その子たちと仲良くなったの？」

「うん。人懐っこくて可愛いよ」

「ニャー」

「え？　うんうん、そかそか。にゃーにゃーにゃー」

ここでもやはり会話が通じているようだ。

「光莉、その子はなんて言ってるの？」

「『ダべってないでドンドン肉よこせ、こんニャろう！』って」

「だから口悪いなぁ……」

咲人は呆れたが、たしかにそのように言っている気がしてならない。

するとそこに柚月が話しかけてきた。

「その子たち、可愛いよね？」

「うん！　柚月ちゃんもあげてみる？」

「いいの？　じゃあ私も――」

咲人は、光莉と柚月が仲良く猫たちに肉を食べさせる様子を見てほっとしていた。この二人はいつの間に仲良くなったのだろう。

「……あ、そう言えば咲人。向こうで千影ちゃんが待ってるよ？」

柚月が指差すほうを見ると、千影が海辺へ向かって歩いているのが見えた。

「そっか。じゃあ行ってくる」

「じゃあうちも――」

「あっ！　じつは光莉ちゃんと話したいことがあって……！」

「……？　なにかな？」

なにかを話し始めた二人を置いて、咲人は千影のあとを追った。

＊　＊　＊

波打ち際まで来て、咲人は千影に声をかけた。

「千影」

「あ……咲人くん」

「どうした？」

「いえ、ただ単に星が綺麗だなって思いまして、ちょっとお散歩中です」

二人は満天の星を見た。

星がさんざめく。

その下の海の水面は、星明かりで宝石が輝いているようにも見える。

結城市では見られない幻想的な景色を、二人はしばらく無言のまま眺めた。

「そうだ、俺になにか用事があったんじゃないの?」

「え? 私が、咲人くんにですか?」

「うん……違うの?」

「いえ、私はなにも……」

そのとき咲人は、柚月め、と思った。

光莉が動こうとしたときに引き止めたのも、なんだか怪しかったが、千影と二人きりになるように余計な気を回したのだろう。理由まではわからないが。

すると千影は、「ちょうどよかったかも」と呟くように言って、咲人の手をとった。

「咲人くん、もう少し向こうへ行ってみましょう」

「え? ああ、うん——」

それからしばらく歩いてやってきたのは、岩礁地帯。バーベキューをしていた海の家からすっかり離れた場所だ。

千影はここでいったいなにをしたいのだろう。

すると千影は、おもむろに着ていたワンピースを脱ぎだした。

「千影? なんで脱いで……」

「ん……しょっと――」

　脱ぎ終わると水着姿になったのだが、やはり破壊力が凄まじい。二人きりだと、余計に緊張してしまう。

「咲人くん、今は私の独占タイムです」

「え……どういうこと？」

　千影はクスッと笑ってみせた。

「今は咲人くんに私だけを見てほしいんです……咲人くんは一度見たものをずっと忘れないんですよね？」

「ああ、うん……まあね」

「そんなすごい記憶力で、今の私をしっかり焼きつけておいてほしいんです。写真で撮られるのは恥ずかしいけど、咲人くんの記憶にならいいかなって……」

　そう言いながら、千影は膝と膝を擦り合わせた。相当照れているらしい。

　やがて千影は後ろに手を組んで、咲人を真っ直ぐに見つめた。

「今の私は……咲人くんにはどう映っていますか？」

月明かりに照らされた白く滑らかな肌。

柔らかな表情と、女性的な膨らみと、その優れたバランス感覚——とても魅力的だ。

魅力とは引力——すなわち、この人に近づきたい、触れたいという欲望を刺激すること。

そこにきて、すっかり自分はこの人の虜になっているのだと咲人は思う。

綺麗だ——一瞬、それを口に出すか躊躇った。

が、千影の瞳が不安でかすかに揺れる。

ここは正直に言うしか選択肢はなくて——

「すごく綺麗だよ」

「本当ですか？」

「うん……とても魅力的で、どう言葉に出していいか困ってる……」

咲人は思っていたことを口に出した。

すると、千影はクルッと回ってみせた。

「えへへへ、やりました♪　私の勝ちですね？」

いつから勝負になったのだろう——いや、自分は負けたのだと咲人は自覚した。

それから千影は自信をつけたのか、咲人に正面から抱きついた。

「咲人くん、ちょっといいですか？」

「な、なに？」

「えい――」

なぜか急に背中をなぞられ、

「え……はわっ……⁉」

ぞくっとした咲人は、たまらず変な声を出した。

「な、なにしてるんだっ⁉」

「咲人くんは、背中をなぞられるのが弱いと聞いたもので」

「誰からっ⁉」

「それは～……秘密です♪　えい、えい――」

悪ふざけするような千影の攻撃に咲人はなんとか耐えようとするが、刺激は耐えるほどに強くなっていくような気もする。……柚月か、と咲人は思った。

「さっきの変な声、もう一度聞きたいなぁ……」

「な、なんで……？」

「だって、可愛いから……私はそういうリアクションをする咲人くんも好きですよ？」

「そ、そう？　いや、声はもう出さないからね？」

残念そうに「もう」と言った割に、千影はなんだか嬉しそうだ。彼氏の秘密、弱い部分を知って満足したのだろうか。

　ところが──

　そこで千影の悪戯は終わったかのように見えたが、なかなか離れようとしない。

「咲人くん、覚えてますか？　初めて、こうして抱きついた日のこと……廊下で、成績結果が貼り出された日のことです……」

「ああ、うん……あれは、たまたまだったけど……」

「たまたまでも、あのとき私は、すっごくドキドキしました」

「そ、そうなんだ？」

「今もです」

　咲人は思わず「うっ……」と呻いた。なんて可愛い人なのだろうか、と。

「私の心臓の音、こうしてたら伝わりますか……？」

「っ────!?」

　今日の君はどうしちゃったんだ千影！　──と、咲人は内心で叫んだ。

　二人きりだからといって、急に攻めに転じたのはなに故か？　夏の獣に踊らされているのか？　イヤホンをしていないところを見れば『上からの指示（＝光莉）』でもない。

　千影自身の意思でこうしていると言うのなら──いや、自分の彼女なのだからそれでもいいのだが、さすがにこのままでは理性が保(も)たない。

「そ……そろそろ、戻らない？」

「まだちゅーしてません」

すると千影は自分の唇に人差し指を当て、咲人を試すような顔つきになり――

「……いつもより、強引なのがいいです」

と、咲人にリクエストをした。さすがに、これは、たまらなかった。

咲人は千影からのリクエストに応えるように、強めのキスで、ちょっとだけ生意気なその唇を何度も塞いだ。

さんざんからかってきたのだから、これくらい許されるだろう――

皓々(こうこう)と月が照る美しい晩だった。

岩の上で咲人たちを見ていた白猫が、ゆらゆらと長い尻尾を上下にしならせていた。

第6話　夜はこれから……？

緩やかな坂道を、自転車を押して別荘まで帰ってきた咲人と光莉と千影は、交代しながら風呂に入ることにした。

十時を回ったところだった。

今日一日の疲れと明日のことも考えたら、早々に風呂に入って、すかっと寝てしまうことがベストである。ところが——

「やっぱり、合理性という観点から三人で一緒に入るべきじゃないかな？」

光莉は三人で風呂に入ることを提唱したが、咲人がこれに異論を唱えたのは言うに及ばず、千影も「それなら一対一で！」と代案を出した。

三者三様——ここにきて三人の意見に食い違いが起きたのだが、ここは一つ、男を見せねばならぬと咲人は判断し、

「……わかった。水着着用なら……」

と、ギリギリの妥協案を提示した……のだが——

「――ふぅ～～～……」

先に風呂に入っていた咲人は、天井を見ながら今日一日を振り返っていた。

なかなか濃い一日だった。記憶のどの部分から手をつけていいかわからないが、とにかく、一日が過ぎるのが早かったような気がする。

海辺の猫町『双子子町』――そこから『妹子山』、『こいし浜』へと行って、海の家『Karen』にてまさかの真鳥と柚月に出会い、一緒に働いた。

そこからバーベキュー……千影とのなんやかんやもありつつ、こうして無事に戻って来られたのは良かったが、咲人は頭痛に悩まされていた。

比喩的な意味ではなく、正真正銘の頭痛である。

（久しぶりだな、この感覚……）

人よりも優れた記憶力を持つ咲人は、情報過多による目眩や頭痛をときたま起こす。

受け取る情報が多いと、その処理に頭が追いつかないのだ。

特に、場所が変わったり、未知なる体験を何度もした日は頭痛に悩まされることが多い。

これでも昔に比べればだいぶマシになったが、昔は家から出るのも億劫だった。

（でも、なんだかんだで今日は楽しかったなぁ……）

情報過多による頭痛と億劫な気分は、不思議と気分が良いものにも感じられた。

それは間違いなく光莉と千影のおかげである。

昔と今ではこうも心持ちが違うとは――この頭痛など屁でもないと感じ――


「おっじゃまっしま――す♪」


――突然、頭を鈍器で殴られたような衝撃が奔った。

「ひ、光莉⁉」

光莉はバスタオル一枚という神秘的な格好だった。

北部は美しい鎖骨のラインと深い胸の谷間――中心部は真っ白なバスタオル地帯（？）で隠れているが、そこを南下した先には、柔らかそうな太腿地帯が二手に分かれている。

肥沃な大地、雄大なる自然、幽玄なる美――ちょっとなにを言ってるのかわからないと思われるだろうが、この世界には神秘的な場所、秘境が存在しているということである。

――して。

バスタオル一枚の格好である。

水着よりは布で隠れている面積は大きいが、そういう問題ではない。

　このままでは咲人の――いや、離れ小島の火山が噴火しそうなのである。

「それ、なに……⁉」

「へ？　なにって、バスタオルだけど？」

　光莉は、しれっとして笑顔を浮かべている。

　水着着用の話はどこへ消えたのか――

「水着はどうした⁉」

　光莉はにししと笑い、バスタオルの胸のあたりを指先で摘んで、少しばかり引っ張った。これにより、バスタオルはいつはだけてもいい状態になる。

　それなのに、当の光莉は「この指を離したらどうなるかわかってるよね？」と脅してくるような余裕ぶりが表情に浮かんでいる。

「バスタオルだけど……タオルを巻いたままお風呂に入るのはマナー違反だよね？」

「その前にルール違反じゃないかっ⁉」

　マナーが大事かルールが大事かという問題はさておき――

　一緒に風呂に入るのは水着着用という前提条件があったはず。これが国家間における問題なら戦争に発展する可能性のある事態だ。

　だから咲人は平和的に水着を着ているのだが、なぜ光莉はバスタオル？

なぜ、なぜ、なぜ――この緊迫した事態に、いよいよ咲人は目が回りそうになった。

「とにかくそれは良くない……！」

「あれれ？　じゃあ咲人は、うちにどんな罰を与えちゃうのかなぁ？」

光莉のうっとりした目を見て、咲人の羞恥は勢いを増した。

「なんだその期待している目はっ⁉」

「期待しちゃダメなのかな？」

まさに羞恥徹底と言わんばかりに、光莉の猛攻は続く。

「てことで、今からバスタオルをとるね――」

「ちょっと待った！　光莉っ……！」

――ファサ……

瞬間的に咲人は目蓋(まぶた)を閉じ、腕で顔をガードした。

するとクスクスと笑う光莉の声がする。

「もう目を開けてもいいよ？」

「ダメだよねっ⁉」

「着てるよ、水着」

「……え？」

咲人は恐る恐るガードを解いて目蓋を開けた。すると光莉は首の後ろでビキニのトップスの紐を結んでいる。

「えっと、光莉……どういうこと？」

「最初から着ていたってことかな♪」

「えっーと…………え？」

——つまるところ、光莉はバスタオルで水着を隠すようにしていただけだった。

トップスの紐もバスタオルの下にしまい込み、あたかも、なにも着ていませんというように見せかけたフェイント——脱ぎ芸『アイム・ウェアリング・水着』だった。

「ドキドキしたかな？」

「…………した」

光莉にやり込められた咲人は、ブクブクと浴槽に沈んでいった。

＊　＊　＊

ややあって、光莉は風呂椅子に座って身体を石鹸で洗い始めた。

それはそれで咲人は目のやり場に困っていた。

光莉がボディタオルで身体を洗うたびに、大きめの胸がゆさゆさと揺れる。水着を着ているからといって直視することはできない。

よって、咲人は壁から天井のほうを向いて、光莉が身体を洗い終わるのを待った。

すると光莉が「咲人、咲人」と呼ぶ。

「なに？」

「うちの髪、洗ってもらえないかな？」

「え……？」

「いっつもちーちゃんに洗ってもらってるんだけど……」

いつも千影と一緒に風呂に入っているのか。今の咲人にとっては、それもまたある種の刺激に繋がる。

「お願いできる？」

「わ、わかった……」

咲人は、なんだ髪くらい、と自分を奮い立たせて浴槽から立ち上がった。

考えてみれば、なんてことはない。

お互いに水着。直接触れるのは髪と頭皮、あとは、たまに耳。

だとするならば――ここで断れば、また光莉にからかわれるか、ちょっかいをかけられてしまうだろう。彼氏として、ここは堂々と髪くらい洗ってやろうじゃないか――

「じゃ、よろしくね？」

「うん……」

咲人は、シャワーで軽く光莉の髪を濡らしたあと、光莉が持参したシャンプーの小さな容器から洗浄液を手につけ、軽く手に馴染ませた。

（よし……高屋敷咲人、参る！）

そう意気込んだものの、咲人はじつに繊細な手つきで光莉の髪を洗い始めた。

――シャカシャカシャカ……

光莉の柔らかな髪を洗っているうちに、なんだか気持ちが安定してきた。作業に没頭すると余計なことを考えずに済むからだろう。

人の髪を洗うことなんて今まで一度もなかったが、なんだか楽しくなってきた。

「どこかかゆいところない？」

「うん……でも、なんか……」

「ちーちゃんと違って、こう……気持ちいいよ……あっ……そこも気持ちいいかも」

「ん？」

「っ――……！」

咲人の繊細な心に「気持ちいい」がダイレクトに刺さる。光莉は意図して言ったわけでもなさそうだったが、ここでの言葉選びは非常に繊細で大事である。

「そ……それなら、良かった……」

「もっと速く動かしてもいいよ？」

「わ、わかった……」

自分はいったいなにをしているのだろう――咲人はそう思いつつ、光莉の無防備な背中を見る。今、光莉は目を瞑っているので視線には気づいていないだろうが、腰からお尻までの白くて綺麗な背中が丸見えだった。

（いけないいけない……）

咲人はシャワーの蛇口を捻り、光莉の髪をお湯で流した。

「ふぅ～……スッキリ～！」

咲人は内心ほっとしたが、次は、トリートメントをしてほしいとの要望があった。

自分はいったいなにをしているのだろう――光莉の髪にトリートメントを馴染ませなが

ら、咲人はもう一度そう思った。

＊　＊　＊

「お風呂、やっぱ広いね？」

「そうだな……」

そんなことを言っていられない状況が咲人に再びやってきた。光莉と二人で浴槽に浸かっていたのだが、光莉は咲人をリクライニングシートのようにして座っている。

つまり、咲人の目の前には、今さっき咲人自身が洗い上げた光莉の頭部があった。

「ねえねえ、咲人」

「なに？」

「ちーちゃんと岩礁のほうに行ったよね？　……なにをしていたのかな？」

ニヤつきながら訊かれる咲人は、思わず「うっ」と呻いた。

「えっと……星空を見上げて……」

「キスした？」

「う、うん……」

「どれくらい？」

「えっ⁉　程度まで答えないといけないのっ⁉」

「言ってくれないと、うち、拗ねちゃおっかなぁ～？」

あまりに恥ずかしかったために、咲人は光莉の耳元で小さく呟くように言う。

「――って感じかな……」

「なにそれ、いいなぁ～！　うちもやりたいやりたい！」

「光莉だって、波止場でしただろ？」

「それもそうだったね♪　あ、そうそう――」

光莉はグルンと回って、真正面から咲人を見つめた。

「うちとちーちゃん、どっちのキスが上手？」

「く、比べたことないから……！」

「ほんとかなぁ？」

「ほんとだって……」

光莉は咲人の顔にさらに近づき、唇を重ねてくる。

「……どう？」

「感想を求められても……」

「じゃ、もっかい――」

そうして何度もしているうちに、お互いにだんだん息が荒くなっていった。

「ハァ……ハァ……」

「光莉、そろそろ……」

「う、うん……そうだね……ちーちゃんと、交代してくる……──」

光莉はのぼせたようによろよろとしながら、浴槽から出た。

そのとき、咲人ははっとした。

(……千影のターン⁉)

＊　＊　＊

光莉が去ったあと。少しして脱衣所の扉から千影の顔がそろーっと出てきた。

「咲人くん、いいですか……？」

なんだか良くない気もするが、姉が良くて妹がダメというわけにもいかず、咲人は「うん」と言った。

千影は「では」と言って、バスタオル姿で入ってきた。

光莉になにか吹き込まれたのだろうかとも思ったが、さすがに二度目ともあって、咲人の緊張感は解けていた。

しかし、咲人としてもこれ以上湯に浸かっていられない。

思っていたよりも光莉の滞在時間が長かったために、これ以上はさすがにのぼせてしまうだろう。そう思い、脚だけ浸からせていた。

「咲人くん、お願いがあるんですが……」

「なに？」

「その……背中を流してもらってもいいですか？」

「ああ、うん。わかった」

咲人はさっきの光莉から要領を得て、今度は石鹸でボディタオルを泡立てる。

なんてことはない。背中を流すだけだ。

しかも今回はボディタオルごしで、それ以上はなにも——

「じゃあ千影、バスタオルを外してもらえる？」

「わ、わかりました……！」

咲人は、千影がなにに驚いたのか判然としなかったが、バスタオルを外すのを待った。

千影はおもむろにバスタオルを外す——が、咲人はそこで我が目を疑った。

（無い……！）

そこにあるべきはずの水着がなかった。

白いうなじ、背中、腰、そして風呂椅子に置いてあるお尻までのあいだに、布がいっさい見当たらない。

千影はバスタオルで前だけを隠す格好で、恥ずかしそうに背中を丸めた。

「ど、どうぞ……お願いします……」

「ち……千影、その前に、水着は……？」

「え？　着ていませんが……？」

「なんでっ⁉」

本来それが正しい風呂の入り方なのだが、咲人は動揺を隠せない。

「ひーちゃん、着ていませんでしたよね？　だから私も……」

「いや、着てた着てた……！」

「え……え？　えっ⁉　だって、ひーちゃん、廊下をバスタオル一枚でウロウロしてて、こっそりお風呂場に入っていったのを見たので……」

「だからタオルの下に水着を……はっ――」

――してやられた！　と咲人は思った。

さっきの『アイム・ウェアリング・水着』は自分だけに仕掛けたのではない。千影にもひと芝居うっていたのだ。

さっき千影は、光莉が「廊下をバスタオル一枚でウロウロしてて、こっそりお風呂場に入っていったのを見たので……」と言った。

が、それはたまたまウロウロしていたのではない。

あえてその姿を千影に見せつけていたのだろう。

千影のことだ、自分に競争心を燃やすのではないか、と。

そして、まんまと千影が勘違いし、ルールを破った。姉が水着を着ていないなら、妹の自分も要らないはずだ——その勘違いと競争心を、千影は利用されたのだ。

だが、こちらからそのことを問い詰めたとしても、光莉は「そんなつもりはなかった」と、いくらでも言い逃れできてしまうだろう——

「じゃあひーちゃんは、最初から水着を着てたってことですか……？」

「うん……だから、千影……大変申し上げにくいんだけど……裸ではない……」

「っ〜〜〜〜〜〜〜〜〜〜〜〜〜〜〜〜〜〜〜〜〜……！」

——して。

これが事故なのか、はたまた事件なのか……光莉を問い詰めねばならぬ。

本人が正直に口を開くとは思わないが――

＊　＊　＊

――が、しかし……

「ごめんって～！　まさか本気で脱いで行くとは思ってなかったんだって！」

案外光莉は簡単に口を割った。

というのも、正直に言わなければ今晩は一緒に寝ないという条件をつけたところ、非常にあっさりと「やりました」と白状したのである。

そういうわけで、三人は寝衣姿で寝室のベッドの上に並んで座っていた。

「もぉ～……ひーちゃんのせいで、ひーちゃんのせいで……！」

半泣きの千影が睨むが、光莉はてへへと笑ってそこまで反省している様子はない。

「で、どうだった咲人？　ちーちゃんのカ・ラ・ダ♡」

「いや、ものすっごく綺麗だった……」

「っ――――⁉　咲人くんっ⁉」

「いや、背中しか見てないよ⁉　綺麗な背中だなって思って……！」

あたふたとぎこちなくなる二人。光莉はその様子を見てニヤニヤしている。

「でもさ、まさかちーちゃんがルールを破るなんてね？」

「ううっ……だって、ひーちゃんに負けたくなかったから……」

「勝ち負けとか、そういうのは無しって話だよね？」

「そうじゃなくて、そうじゃなくて～……」

千影がなにを言いたいのかわからない光莉と咲人だが、

「もう寝ます！　お休みなさい……！」

と、千影は先に布団をかぶってしまった。

「ちーちゃん？　もう……ごめんってば～……」

「フーンだ……」

拗ね方まで可愛いな、と咲人は思ってしまった。

光莉はやりすぎたと思ったのか、多少は反省の顔を見せたあと、咲人に向けて苦笑いを浮かべた。

「じゃあ、今日はもう寝よっか？」

「うん……」

灯りを消して、三人で横並びになって寝る。

しかし、咲人は眠れない。それどころか目が冴える。寝返りをうちたいところだが、右を向けば光莉の顔があるし、左を向けば千影の顔があるしで、天井を向いたまま眠るしかない。

するとと、右のほうからスー、スーと静かに寝息が聞こえてきた。ショートスリーパーな光莉は寝つきも早く、すでに眠ってしまったらしい。

咲人はなんとなく千影のほうに寝返りをうってみた。

目が合った。

一瞬ビクッとなった咲人だったが、光莉を起こさないように声を潜める。

「……ね、眠れないの？」

「眠れません……ドキドキしちゃって……」

「そ、そっか……じつは俺も……」

するとと千影はクスッと笑った。

「あの、咲人くん」

「なに？」

「私、じつはそんなに怒ってはいないんです……」

「え？」

「ああでもしないと、ひーちゃんは反省しないので……」

「なるほど……」

少し安心した咲人だったが、

「はわっ……!?」

急に背中をなぞられて、つい変な声を出してしまったのだが、今の手は――

「……？　どうしたんですか？」

「な、なんでもない……」

やはり光莉か。寝たふりをしているのだろう。

光莉の指先が何度も咲人の背中をなぞる。咲人は必死に堪え続けた。

悪戯かと思いきや、なにか文字を書いているようで――

『しってた　ごめん』

と、書いたようだ。

「そっか……たぶん光莉は反省しているんじゃないかな？」

「そうですかね？」

「うん。なにせ光莉だからね？」

「それもそうですね……はぁ～……」

「ん？　どうしたの？」

布団の中、千影は咲人の手を握った。

「……本当に、綺麗でしたか？　その……」

「うっ……うん……」

さっきの話か、と咲人は思って顔を赤らめた。

「だったら良かったです……でも、責任とってくださいね？」

「えっ……!?」

「ふふっ……私が眠るまでこうして手を繋いで、あと……ちゅーしていただければ」

「わ、わかった――」

光莉は起きている。それを知っていて布団の中でこっそりとキスをする。

ある意味で、光莉にとってはこれが一番の薬になるのではないかと思う咲人だった。

ツイントーク！③　真夜中にこっそり……？

深夜、千影はクワッと目を開いた。

(――眠れないっ！)

それもそのはず、隣には彼氏、大好きな咲人くんが寝ているのだ。

しかし、これは千載一遇の好機――咲人の寝顔を見るチャンスだと思って、咲人を起こさないようにそっと隣を見た――

「「あ……」」

目が合ったのは光莉だった。

光莉は片肘をついて上半身を起こした体勢で、咲人の寝顔を見下ろしていた。

「ひーちゃん、なにやってるの？」

「えっと……咲人の寝顔を見ようと……」

双子姉妹のあいだに気まずい空気が流れたのだが、急にプッとお互いに噴き出した。

「私たち、考えること一緒だね？」

「双子だからかな？」

「咲人くん、よく寝てるね……」

「うん。うちらは電車で寝たりしてたけど……疲れちゃったんじゃないかな？」

咲人は深い眠りについているようで、二人がこっそりと笑い合っているのが聞こえていない様子。そこで二人は咲人を挟んでこんな話をした。

「ちーちゃん、お風呂の件だけど、ごめんね？」

「ううん、もういいよ。勘違いしちゃった私が悪いんだし……」

「でもさ、ちーちゃんもずいぶん大胆になったよね？」

「最初から大胆な人に言われてもなぁ……」

するとと光莉は「あ、そうだ」と思い出したように言った。

「岩礁で咲人とキスしたんだよね？」

「……した。ちーちゃんだって波止場でしてたでしょ？」

「え？　なんでわかるの？」

「わかるよ。ちゅーしたあとのひーちゃん、顔つきが普段と違うもん」

「そうかな？」

「そうだよ。咲人くんもちょっとぎこちなくなるし」

よく見ているなー、と光莉は思った。

「そう言えば、ちーちゃんが咲人と岩礁に行く前のことだったんだけど、柚月ちゃんが怪しい動きをしてたんだよね」

「怪しい動き？」

「なんかね、ちーちゃんと咲人を二人きりにするみたいな感じ」

「え？　なんで？」

「うーん……なんでかなって思ってちーちゃんに訊いてみたんだけど、知らないの？」

「うん……あ、でも、咲人くんも私が呼んでるからって柚月ちゃんから聞いて追いかけてきてくれたみたい……」

　そこで光莉は、なるほどと思ってそっと笑った。

「どっちが咲人の彼女か気にしてたじゃん？　柚月ちゃんの中では、双子まとめてっていうのは有りえないから、どっちとも付き合ってないって思ったんじゃない？」

「そっか……それで私たちがどっちも咲人くんのことを好きだとわかったから、私のほうを後押ししてくれたってこと？」

「そうなんじゃないかな？」

「……なんで私？」

「さぁ……それは柚月ちゃんと話してみれば？」

千影の中では腑に落ちないところもあったが、もしそうだとするならば、どうして柚月

はそんな立ち回りをしたのだろうか。そもそも柚月は、咲人のことをどう思っているのだろうか。

千影は柚月のことがなんとなく気になり始めた。

「でさ、こんなにうちらがそばで話してるのに、咲人くん、まったく起きないね？」

「よっぽど疲れてるんだよ。彼女が二人もいるんだもん。気疲れかも」

すると光莉は悪戯っぽい笑顔を浮かべて、咲人の頬を「えい」と人差し指でプニッと押した。

「ちょっとひーちゃん……！」

「柔らかくて可愛いなぁ……ちーちゃんもやってみたら？」

「うっ…………やる」

反対側から千影もツンツンと押してみる。咲人はくすぐったそうに眉間にしわを寄せたりしたが、やはり起きる気配はない。

「にっしっしっしー……じゃ、もうちょっと可愛い悪戯してみない？」

「ちょっとひーちゃん、これ以上は……する」

双子姉妹に顔を覗(のぞ)き込まれていた咲人だったが、一向に起きる気配はなかった——

第7話　双子と猫の伝説……？

昼日中、どこか狭い場所にいた。

正面には格子のようなナイロン製の網。その隙間から外の景色が見える。

土と、草花の匂い——花畑のようだ。

それにしても、なぜ自分はこんなところにいるのか？　ここはどこなのだろう？

じっくり考えていると、ぬっと影が差した。

ビクつきながら見上げると、十歳くらいの二人の少女が上から覗き込んでいた。

どこか、この二人の顔に見覚えがある。顔がそっくりなところを見れば双子だろうが
……誰だろう？　というよりも、顔が大きすぎやしないか？

「出しちゃダメかな？」

「逃げちゃうかもしれないから」

そう言って、二人は太陽の下、花畑を駆けていった。

「そうだね……。ごめんね？　またあとで遊んであげるから——」

そのとき俺は、いいな、と羨ましく思った。

この狭い檻のような場所から出たい。あの二人……特に、ごめんねと謝ってきた女の子

と一緒に、気持ちよく駆け回りたい。

どうして俺は自由になれないのだろうか。そして、この身体の重みはなんだろう。

なにか、身体の上に重たいものが――

＊＊＊

「――う……うん……――ん？　あれ……？」

咲人が目覚めると、隣で寝ていたはずの光莉と千影がいなかった。

（二人とも、もう起きたのかな……）

カーテンの裾から陽光が差し込み、蟬の鳴き声が部屋の中まで響いてくる。

枕元で充電していたスマホのディスプレイで時刻を確認する。朝八時。もう少し寝ていたい気分だが、起きよう――が、腹の上になにか熱いものが乗っかっていて――

「ニャア」

「わっ……⁉　なんだ⁉」

咲人は驚いた。腹の上に、一匹の白猫が乗っかって丸まっていたのである。

「君、どこから……」

「フアァー……」

白猫は気のない大きなあくびをして、咲人の腹の上から下りると、ベッドからピョンと床に飛び降りて、ゆっくりと窓のほうへ向かう。

窓が少し開いていたようだ。その隙間から白猫は外へと出ていった。

（なんだったんだ、いったい……ま、いっか…）

咲人は大きく伸びをして起き上がると、白猫の出ていった窓に近づいた。

カーテンを開ける。陽光の眩(まぶ)しさに一瞬目が眩(くら)んだ。

清々(すがすが)しい青空と海が広がっている。今日もいい天気のようだ。

（光莉と千影はもう起きているみたいだな……）

咲人は寝室を出て一階へ向かった。

＊　＊　＊

階段を下りる途中、ふわりと料理の良い匂いがして、人の動いている気配がした。

リビングに顔を出すと、光莉と千影がいた。二人はすでに着替え終わっていて、いつでも出かけられそうな格好だった。

千影はキッチンで料理をしていて、光莉はできた料理を皿に盛りつけている。咲人が下りてきたことには気づいていないみたいだ。

朝食を準備しながら、柔らかな笑みを浮かべている千影とニコニコ顔の光莉。

「ちーちゃん、ケチャップさんかけておいたほうがいい？」

「そうだね。咲人くんはちょっと少なめがいいかも。あとで調整できるし」

「りょーかい♪」

咲人はまだ薄らぼんやりとした頭で、二人をボーッと見つめ、

（なんか、こういうのいいな……）

と、いつの間にか微笑んでいた。

「おはよう、光莉、千影——」

「あ、おはよう咲人」

「おはようございます」

「俺も手伝うよ」

「いえ、もう済みますので、先に顔を洗ってきてください」

「そうそう、寝癖がちょっとひどいかな～？」

寝癖を二人にクスクスと笑われ、咲人はきまりが悪そうに頭を掻いた。

咲人が顔を洗い、軽く髪を整えてから戻ると、ちょうど朝食の準備が終わっていた。

キツネ色に焼けたトーストに、スクランブルエッグ、エビやミニトマトがのったサラダなど、色鮮やかな朝食がテーブルの上に並んでいた。

「それじゃあ、いただきます」

「「いただきます」」

三人は朝食を食べながら、今日の予定を話し合う。

「さっき、真鳥先輩から今日は忙しくなるかもってＬＩＭＥがあったよ。十一時に『Karen』に来てほしいって」

光莉がそう言うと、千影が少し考える素振りをする。

「咲人くん、それまでの時間をどうしましょうか？」

「そうだな……」

少し早めに行って、海で遊ぶのも悪くないが――

「もし、なにもないなら、商店街に行きませんか？　ちょっとお買い物がしたくて」

「え？　でも……」

昨日の感じだと、商店街はほかより猫が多かった。千影は大丈夫なのだろうか。

「猫ちゃんたちのことなら気にしないでください」

「そう？　――光莉はそれでいい？」

「うん！　それじゃあ決まり！　……あとさ、咲人」

「ん？　なに？」

「えっと……——プッ……」

いきなり光莉が噴き出した。

「え？　なに？　俺の顔、なにかついてる？　もしかしてまだ寝癖が？」

「う、ううん、なんでもない……。——ねえ、ちーちゃん？」

「そ、そうだね……」

笑いをこらえている光莉に対し、千影はなんだか頬を赤らめている。

若干腑に落ちないものを感じた咲人だったが、そのときはあまり気にしないでおいた。

＊　＊　＊

朝食の片づけを終わらせたあと、咲人たちは自転車で商店街へとやってきた。

「千影、なにがほしいの？」

「パパとママ用にお土産を見ておきたいなと。あと、パパとママの勤め先にも」

なんてできた子なのだろうか、と咲人はただただ感心した。

「光莉はなにかほしいものはないの？」

「ちーちゃんがパパたちのお土産を選ぶなら、うちは新聞部のみんな用に買おうかな」

「そっか。じゃあ俺もみつみさんと母さんに買おうかな」

時刻は九時を少し過ぎたところだったが、すでに何軒かの店がやっていた。

大正ロマン風の店には、猫町ということもあって、レトロな包装に猫のマークや肉球のデザインが描かれている。ほかにはこんなものも――

「あ、見て見て！　猫じゃらしが置いてあるよ」

「猫ちゃん用の餌皿とかもありますね」

「こっちの食べ物は猫のおやつだ」

――と、どの店にも猫用のお土産コーナーがあり、猫好き御用達といった風だ。『ネコノミクス』という言葉があるが、そういう経済効果を狙った町おこしの一つなのだろう。

そうしてあちこち見て回っていると、双子姉妹が一軒の古い呉服店に興味を示した。

が、表の貼り紙をよくよく読むと、現在は古民家としての趣を残した、レンタルスペース兼民泊になっているそうだ。入り口の『とみた呉服店』と書かれた古い看板は、昔の名残をとどめただけで、今は着物を売っていないらしい。

双子姉妹が興味を示したのは、その貼り紙に書かれた『レンタル着物&レトロファッションで撮影』という文字だった。

なるほど——大正ロマン風の町に合わせたコスプレのようなものかと咲人は思った。

「これ、なんか面白そう！」

「お着物とか着てみたいねー？」

食いつきのいい双子姉妹を見て、咲人は「じゃあさ」と声をかける。

「せっかくだし着てみたらどうかな？」

「え？　いいの？」

「昨日の夕飯代も浮いたことだし、時間もまだあるし」

「じゃあひーちゃん」

「そうだね！　じゃあ咲人も一緒にお着替えしようよ？」

「いやぁ……俺はいい、遠慮しておく」

こうして双子姉妹が店に入り、咲人は表で待つことにした。

＊　＊　＊

双子姉妹が着替えているあいだ、日陰に置いてあったベンチで、咲人は手持ち無沙汰にぼんやりと座って待っていた。

そこに一匹の白猫が寄ってきて、咲人の足に身体を擦りつけた。

「ニャー」

「ん？　どうしたの……って、君は——」

よく見れば、朝、腹の上に乗っかっていた白猫だった。

「ニャー」

「ごめん、猫語はわからないんだ……ご飯かな？」

「ニャー」

すると白猫はピョンとベンチに飛び乗って、咲人の隣でゴロンと横になった。

なんとなく手を伸ばしてみたが逃げる気配はない。そっと首から背中を撫でてやると、気持ちよさそうに目をしょぼしょぼとさせた。

「君、ここの呉服店の子？」

訊ねてみたが、気持ちよさそうにしてゴロゴロと喉を鳴らし、尻尾を緩く上げ下げしている。試しに、ピンクの肉球をプニプニと押してみたが、嫌がる気配はない。

再び背中を撫でながら、咲人は正面を向き、ぼんやりと昨日の千影のことを思った。

（猫が苦手……マシロか……）

千影が猫を苦手になった理由がそこにあるとしたら——

「……ん？」

毛ざわりが変わった。

毛のない腹のあたりだろうか……というより、なんだか人間の皮膚のような――

「これこれ、そんなにレディの手を撫でてはダメよ」

その声にはっとした咲人は、そちらを向いてギョッとなった。

「お……お、おば、おば……――」

――お婆さん、もしくはおばけと叫べずに、咲人は口をパクパクさせた。

いつの間にか白猫がいなくなり、代わりに昨日妹子山で忽然と姿を消した老婆が座っていたのだ。

しかも、そうとは気づかずに老婆の手の甲を優しく撫でてしまっていたらしい。

咲人は慌てて手を離した。

しかし、いつの間に――まるで気配がしなかったし、そんなにボーッとしていたのだろうか。

咲人は青ざめながら、不気味に笑う老婆から少し距離をとった。

「ところであんたは、こんなところでなにをしているんだい？」

「えっと……ここで連れの二人が着替えてて……」

「そうかそうか、連れと言うのは、宇佐見光莉と千影だね？」

「そうですが……………え？」

腫れぼったい目蓋の下から見つめる老婆の目を見て、背筋にぞくっと悪寒が奔った。

なぜ、この老婆が宇佐見姉妹の名前を知っているのだろう。

記憶を遡ってみる。

老婆と会った昨日、あの時間帯。たしかに千影の名前は自分が口にした──

『仕方がないよ、千影。そういう理由なら』

──が、それだけだ。

光莉の名前はあの場で出ていないし、「宇佐見」の名字すら出ていない。

それなのにこの老婆はいったい、いつ、どこで二人の名字と名前を知ったのか。それに、千影が妹だと知っていた理由は、いったい──

「──あの、どうして二人の名前を？」

「なぁに、簡単な話だよ。この双子子町は狭いから、あんな可愛い娘っ子がいたらすぐに噂になるのさ」

「はぁ……？」

言われてみればたしかに。

昨日は『Karen』で町の人たちとも交流があったし、噂が広がらなくもないか――そう思いつつも、なんだか怪しいものを感じて、咲人は老婆への警戒心を解かない。

「……あの、昨日は山から突然いなくなったのですが、あれは手品かなにかですか？」

「レディは秘密が多いんだよ」

「はぁ……レディ……？」

咲人は思いっきり首を傾げたが、あまり深くツッコむ勇気が出なかった。

「ところで、昨日なにか言いかけてませんでしたか？　千影があの山だと危険だって……アレって、どういう意味ですか？」

「ああ、アレか……あんた、この町の伝説は知ってるかい？」

「伝説？」

「……ま、あんな忌み嫌われる話は、あたしらの代で終わらせないとねぇ……」

と、老婆の顔が急に暗く険しいものになる。

ただならぬ雰囲気を察した咲人は、恐る恐る老婆に訊ねた。

「あの……その伝説を俺に教えてもらえませんか？」

「……興味本位で足をつっこむもんではないよ」

「いや、なんだか興味を持ってほしそうに言うからですねー……」

「ググればって……いや、話してくださいよ、そこまでもったいぶるなら……」

「ググれば一発だよ？」

「ふぅむ……わかった。だったら、この双子子町の伝説を聞かせようかね。先に言っておくが、それは悲しい、悲しい物語だよ……──」

＊　＊　＊

──大正時代に入って間もないころ、とある大きな家に双子の娘が生まれた。

姉は光子、妹は千加子といった。

双子は心優しく、頭もよく、おまけに器量よしに育ち、嫁にほしいと言ってくる者があとを絶たなかったそうな。

そうして双子が十四を過ぎたある日、一匹の野良猫が庭に住み着いた。

誰に言われたわけでもなく、双子はその猫の世話をした。野良猫はすぐに双子に懐いて、二人と一匹はいつも一緒に過ごしていた。

その猫が家にやってきてから二年が経ち、双子が十六になったころ、いよいよ縁談の話が持ち上がった。

姉の光子は商屋に嫁ぐ話になり、妹の千加子は大きな魚屋に嫁ぐ話になった。

しかし、それを良しとしない者がいた。二人が世話をしていた猫だ。

双子の生家に猫だけが残ることになり、寂しくもあり、悲しくもあり――そして、一緒に生まれ育った双子姉妹もまた、お互いに別れて暮らすのを嘆いた。

そこで猫は、自分が拾われたときの浜辺へと戻ってきた。

ちょうどそこは、山と海のあいだにあり、山の神と海の神が見つめる場所だった。

猫は、山の神と海の神に乞うた――

『どうか私を人間の男にしてください』

猫の考えはこうだ――

自分が人間の男になり、双子を惚れさせることができれば、あの娘たちに甘い父親のことだ、嫁に出す話もなくなるだろう。そうして二人を嫁にとり、今まで通り三人で一緒に暮らせば、きっと幸せな日々が続くだろうと。

そこで、山の神と海の神は、一つ条件を出された。

『もしうまくいかなければ、お前の身体(からだ)をちっぽけな石に変える。それでも良いな？』

『構いません。どうか私を人間に――』

神々はその願いを受け入れ、猫を人間の男に変えた。

そうして人間の男に変わった猫は、双子姉妹の元へとやってきた。

ちょうど双子姉妹は猫がいなくなったことを嘆いていたが、男になった猫が優しく慰めているうちに、二人は男に心を開いていったのだった。

ところが、猫は一つ大きな思い違いをしていた。

姉妹の中で争いが起こったのだ。

言わずもがな、男の取り合いである。

猫の計画はうまくいかず、悲しみに暮れて夜の浜辺へと戻ってきた。

神々との約束を守るためだった。

猫はピョンと飛び跳ねると、そのまま小さな石に変えられてしまったのだった――

＊　＊　＊

「――ま、そういう話だよ……人間の中で長く暮らした猫は、人間と同じ感情を持つってね、この辺りじゃ昔からよく言うもんさ」

老婆が残念そうに言うと、咲人（さくと）は神妙な面持ちで口を開いた。

「あの……その話の続きは？」

「猫がちっぽけな石に変えられたことを知らない双子は、男を追って浜辺へと行ったのさ。浜辺をウロウロと泣きながら捜したけれど、猫が男に化けたとか、石に変えられたとか、そういうことは知らなかったんだろうね」

「そうですか……」

「やがて朝になり、恋に破れた双子は、自分たちが愚かな争いをしていたことを悟った。そうして姉は海へ、妹は山へと向かったのさ……」

老婆は残念そうに言うと、大きく「ふぅ」と息を吐いた。

「ちょうど浜から島が見えるね？　あれは『姉子島』、その向かいの山が『妹子山』……そのあいだにある浜は――」

「『こいし浜』、ですね……」

咲人が言うと、老婆は「そうさ」と言って、再び息を吐く。

「双子は、いなくなった猫が『恋しい』、その猫が『小石』になっておったから、『こいし浜』というわけさ……。皮肉な名前だから、せめて町の名前は『双子子』にしたそうだよ。双子と猫がずっといられますようにってねぇ……二兎追うものは一兎も得ず……そういう訓戒交じりの昔話だね」

咲人は、とても他人事のようには聞いていられない気分だった。

「……よくできた作り話ですね。暗くて、皮肉もきいていて……」

「作り話かもしれないが、このあたりじゃ昔から、姉は島に行かすな、妹は山に入れるな、という言い伝えがあるのさ」

「どうしてです？」

「姉は海にさらわれ、妹は山から戻らぬと言われていてね」

「そんなの迷信ですよ。そんなことあるわけないじゃないですか……」

「ああ。だから町おこしをする際に、そんな暗い話や迷信があれば人が来なくなると話し合って、観光に来た者たちに伝えないきまりになったのさ」

どうりで、と思うことがあった。

この町に来たとき、電車の車掌が光莉と千影を見ておかしな反応をしていた。きっと、そういう言い伝えがあることを知っていたのだろう。

「あの……じゃあなんで俺に教えてくれたんですか？」

「それは、まあ……でも、あなたからは俺に伝えたいという意思を感じました」

ふと老婆は苦笑いを浮かべた。

「あんた、あの双子を好いているんだね？」

「え……？」

「……悪いことは言わないよ。どちらか一方を受け入れ、どちらか一方を諦めなさい。そうしなければ、いつか悲劇が起きるよ？」

咲人は、黙ったまま膝の上で拳を握った。

「あたしはね、さっきの昔話は、先人がそのことを後世に残すために作った話だろうと思ってるんだよ……けっきょく、つがいになれずにバラバラになるかだね……」

「でも、俺は――」

――現実は、そうかもしれない。

自分たちの関係を秘密にしているのもそういう理由があってだ――

《三人で付き合っていることは秘密にすること》

このルールは三人を縛りつつも、互いを守るために存在している。

自分たちが同意と納得をして付き合っていても、周りはその状況を受け入れてくれないと思うから。ただ――

『二人とも好きだ』

洋風ダイニング・カノンでの、あのときの告白に、気持ちに、嘘偽りはない。

そして、彼女たちにしっかりと向き合うと決めた。

『光莉と千影に誇れる彼氏を目指すよ。一人になるのは怖いから……これからも三人で一緒にいたい。……ダメ、かな？』

彼氏になったのだから、そのことを証明しなければならない――

「――俺は……いや俺たち三人は、そうならないように努力しています」

老婆は「ほう」と言って咲人を見た。覚悟を試すような目をしていた。

「今までも三人でうまくやってこられたし、これからも三人で仲良くやっていけるように努力します」

この老婆だけでなく、この世の様々な者に向けての宣言だった。

「もし、なにかあれば、光莉と千影は必ず俺が守ってみ……せ……――」

咲人の目が大きく見開かれた。というのも——

「さ、咲人……一人でなにを言ってるのかな……？」

「あの、咲人くん、えっと、ええっと……！」

老婆が忽然と消えていた。……よく消える婆さんである。

しかしそういうことではなく、老婆の代わりにそこにいたのは、レトロファッションに身を包んだ光莉と千影だった。色違いの袴を着けて、ちょっと早めの成人式のような格好をした二人が、真っ赤な顔で立ち尽くしている。

じつは途中から、双子姉妹はずっと咲人のそばに立っていた。

咲人はそのことに気づかずに、そこにいない老婆に対して話し続け、かなり本気で見得を切った。……切ってしまったのである。

つまるところ、咲人は『本人たち』に、聞かれたら小っ恥ずかしいことを堂々と宣言したのだった。

よって、三人のあいだに流れたのは、驚きと、羞恥と、嬉しさと、後悔と……そういう、なんとも言えない気まずさがブレンドされたような空気だった。

「えっと、い、今のは、練習と言いますか……」

「う、嬉しいんだけどさ……お外だからさ……嬉しいよ、うん……」

「か、必ず俺が守りますって、守りますって……はうぅ～……──」

「千影っ⁉」「ちーちゃん⁉」


午前十時二十三分──宇佐見千影、尊死。


──して。

その後、生き返った千影と、ニヤニヤが止まらない光莉と、気恥ずかしい気分の咲人の三人で、商店街をバックに並んで写真を撮った。

旅の恥は掻き捨て──

いやいや、宇佐見姉妹にとっては一生に残る素敵な思い出となった。

第8話　ナンパと難破……？

それにしても、どうしてあんな事故を起こしてしまったのか――

カウンターでグラスを拭きながら、咲人は商店街での一件を思い出していた。

あの老婆に、双子姉妹のどちらかを選ぶべきだと言われ、少しだけ言い返したい気持ちになっていたのはたしかだった。

（今まではそんなことなかったのにな……）

考えてみれば、誰かに腹を立てたとしても、そのあとの面倒さを考えれば、なにも言い返さずにおこうというのが高屋敷咲人という人物だった。

ところが宇佐見姉妹と出逢ってからというもの、着実に自分の言動が変わりつつある。

新聞部と絡むようになってからもそうだ。

自分の意思とは関係なしに、つい感情的になったり、ツッコミ属性を発動してしまう。

ここにきて、自分はボケではなくツッコミだったのかと悟った咲人だったが――いやいや、ボケとかツッコミではなく、これは良い変化なのかどうかを問い直す。

（あれがもし、あのお婆さんではなく学校の関係者とか身内だったら……）

ここまで三人で守ってきた秘密を、自ら暴露してしまうことに繫がる恐れがある。そこまでいかなくても、言動に出てしまったら、周囲に勘づかれてしまうだろう。

　ここは一つ、気を引き締めよう。

　宇佐見姉妹と三人きりのとき以外は、感情を抑制する。俺にはできるはずだ──咲人はそう自分に言い聞かせ、グラスを拭き続けた。すると──

「ねぇねぇ、休憩時間にちょっとだけでいいからさぁ？　いいじゃんいいじゃん♪」

「えぇ～？　困りますぅ……」

　カウンターのすぐそばで、真鳥が社会人風な男に絡まれていた。どうやらナンパされて困っているようだが、

「だって私、彼と付き合ってるので～」

　と、咲人を指差した。

「あ、そうなの？」

　社会人風の男性がちょっと気まずそうに咲人を見た。

　そこで咲人は淡々とグラスを拭きながら言った。

「いえ、違います。付き合ってません。──その人、前に俺のことを隠し撮りしたりしたこともあるんです。後輩を差し向けて俺のことをハメようとしたこともあって──」

「えぇっ!?　そうなの!?　そっちの子なのっ!?」

「ちょっとちょっと、高屋敷くぅーん⁉」

「ですからあまり近づかないほうがいいですよ？」

「わ、わかった……サンキューな、君……あははは……──」

社会人風の男性は、ピューッと去っていった。

「……ちょーっと高屋敷くん⁉　大事なお話があるんですけどぉ～……！」

真鳥は相当プンスカしていた。

「今のひどくないっ⁉　ナンパされて困っていた私に対してひどくないっ⁉」

「事実と実体験を伝えたまでです。でもほら、ナンパの人、逃げていったでしょ？」

「そりゃそうでしょっ⁉　……あ、こいつヤベェやつなんだ？　的な感じでねっ！　私の評価悪すぎじゃん⁉」

「はい。それが俺の真鳥先輩への評価です」

「なんなのその冷淡な言い方っ⁉　あんたの感情どこに消えたっ⁉」

たしかに言いすぎたかもしれない。真鳥はちょっとアレでアレだが、良い部分もきちんと評価したほうがいいと咲人は思い直した。

「……すみません、言いすぎました」

「へ？　なんだよ急に……？」

「ヤバいときもありますが、後輩に優しいところもありますので、俺は先輩のこと嫌いじゃないですよ？」

……好きでもないが。

「えぇっ⁉　なんだよ、急に素直になって……」

「いえ、本当にそう思っただけです」

「そ、そっか……」

「ですから、次は彼氏のフリをするので、俺に頼っても大丈夫です……って、なんで真っ赤になってるんですか？」

真鳥は咲人に言われてようやく顔が真っ赤になっているのに気づいた。

「はっ？　べつになってないし……！」

「いや、なってますよ？」

「だからなってないって言ってんだろっ！　バーカ、バーカ！」

「……俺、これでも学年一位なんだけどなぁ」

真鳥はプンスカしながら店の外へ向かった。

そんなことをぼやいていると、今度は柚月（ゆづき）が外国人の男性に話しかけられていた。

「Are there any nice sightseeing spots in this town other than this beach?（この町に、この

浜以外に素敵な観光スポットはありますか?)」

「い、イエース! えっと、えっとぉ……」

中三くらいの英語のリスニングだが、柚月は返答に困っていた。

おそらく、言っている意味がわからないというよりも、この町の観光スポットを知らないから答えられないのだろう。

(そう言えば柚月、中学時代は英語が苦手だって言ってたな……)

咲人はすっと柚月の前に出た。

「え? 咲人?」

「任せて。——May I help you?」

「I wanna know about recommended sightseeing spots」

「I see」

咲人は笑顔で窓のほうを指差した。

「There's a place on that hill where you can see a panoramic view of this town」

「Oh, really? Thank you so much!」

「Have a nice day」

「Thank you. Same to you.」

外国人男性はニコニコと嬉しそうに店から出ていった。

「ふぅ～……もう行ったよ柚月……柚月？」

柚月は呆けた顔で咲人を見つめていた。

「どうしたの？」

「……へ？　あ、ううん！　なんでもない……！」

「そう？　困ったことがあれば言ってね？」

「う、うん……！」

柚月はパタパタと走りながら、店の奥に引っ込んでいった。

すると、光莉が「咲人咲人」と言いながら寄ってきた。

「なに？」

「ちょっとお耳を拝借――」

光莉は咲人に耳打ちする。

「――あんまり彼女以外の女の子をドキドキさせないほうがいいかなぁ～」

「えっ⁉　どゆこと……⁉」

「じゃないと、うち、そのうち嫉妬しちゃうかもだし、ちーちゃんが知ったら怒っちゃうかもしれないよ～？」

「だからなんの話⁉ 俺、そんなつもりじゃ……！」

するとと光莉はクスッと笑って厨房(ちゅうぼう)のほうへ向かった。

光莉は、真鳥や柚月とのやりとりを見ていたような口ぶりだったが、べつにドキドキさせるようなことはなにもしていないはず。

人間関係はなかなか難しい——特に女の子はそうなのかもしれないと咲人は思った。

＊　＊　＊

少し手が空いて、咲人はカップやストローなどの消耗品の補充のために、物置のある店の裏手へと回った。

すると、昨日と同じように、千影(ちかげ)が両手に餌皿を持っていた。

「ちょっと待ちなさいってば……！」

数匹の猫たちに足に擦り寄られた千影は、くすぐったいような、恥ずかしいような顔で、餌皿をなかなか置けずにいた。

「なんか、仲良くなってるね？」

気を利かせて、咲人は微笑みながら千影に近づいた。

「ええ、ちょっとだけ……昨日よりは普通といいますか……」

「もしかして、手懐けようとしてる？」

と、咲人は千影のエプロンのポケットを指差した。

「え……あっ！　こ、これは……！」

千影が慌てたのは、エプロンのポケットから、猫が大好きなおやつ『チュルチュル』がハミ出ていたからだ。

「たまたま、冷蔵庫にあったので……」

「いいや、昨日も今日も冷蔵庫にはなかったよ」

千影はカーッと顔を赤らめた。

「もう……そういう記憶力の良さはダメです……嘘が通じないですから……」

照れた千影を見て、咲人は微笑ましく思った。

「ごめん、忘れられない質なんだ」

からかうように言うと、千影は気まずそうな顔で、餌皿を足元に置いた。

猫たちは嬉しそうに、千影の足元に集まってごはんを食べ始める。

「それ、午前中に買ってきたの？」

「はい……この子たちも好きかなって思いまして……」

も——というのは、マシロも含まれているということなのだろうか。

訊けば野暮になると思って、咲人はそっと微笑んだ。

「上手く言えないけど、いいと思う、そういうの。——俺、このあと戻るし、千影はゆっくりしていってよ」

「え？　でも、厨房が……」

「任せて。その子たちを可愛がってあげてよ」

「……ありがとうございます」

咲人の意図を汲んだのか、千影は頬を赤らめた。

そうして、餌皿に集まる猫たちに、柔らかな表情を向けた。

咲人は静かに物置から消耗品を出し、千影と猫たちが戯れるのを邪魔しないように、そっとその場から立ち去った。

＊＊＊

午後のピークがすぎたあたりで、カウンターを拭いていた咲人のところに、一人の大人の女性が近づいてきた。白地に花柄があしらわれた少し派手な水着を着た美人だった。

二十代半ばから後半、あるいはそれくらいの年ごろに見える三十代か。

「あ、そこの店員さん、ちょっといい？」

「なんでしょう？」

「その猫耳、可愛いね？」

「っ……！　これはこの店の正装で……」

「うん、知ってる。君、反応も可愛いね？」

女性はクスクスと綺麗な笑顔を見せると、咲人に一歩近づいた。

「ほかに手の空いてる店員さんがいないみたいだから、君にお願いしよっかな？」

「え？　なにをですか？」

「なにって、アレ――」

女性が指差したのは、酒瓶の並んだ棚だった。

「君、カクテルつくれる？」

「はい、ひと通りは」

「未成年だよね？」

「分量通り混ぜるくらいならできますけど……」

「ふふっ、なにそれ面白い！」

咲人は「え？」となった。特に笑わせるようなことは言っていないはずだが。

「じゃあドライマティーニをお願いしよっかな〜？」

「かしこまりました――」

咲人はカウンターの内側に入ると、使用する酒類と道具を準備した。

ドライマティーニ――一般的に四対一の比率でジンとベルモットを混ぜ合わせたもの。

作り方は非常に簡単だ――

ミキシンググラスに氷、ジン、ベルモットを入れ、冷えるまでマドラーで混ぜ合わせる。

それが済んだら、ミキシンググラスにストレーナーをのせ、氷が入らないようにカクテルグラスに注ぎ、ピックに刺したグリーンオリーブを添える。

――と、本に書いてあった通りにつくってみた。

「ドライマティーニです」

「ありがとう。いただくわね――」

女性はグラスに口をつけた。

「――はぁ〜、美味しい！」

「ありがとうございます――」

――本に書いてあった通りにつくっただけだが。

「君、可愛い顔してなかなかやるね？」

「ありがとうございます――」

――本に書いてあった通りにつくっただけだが。

「すごく上手だね？　どこかで習ったの？」

「いえ、特には――」

――だから、本に書いてあった通りにつくっただけだが。

「じゃあさ、私、友達と来てるんだけど、二人分のカクテルをお願いできるかな？」

「かしこまりました」

その女性は二人分のカクテルを注文すると、ウインクをして店から先に出ていった。

＊　＊　＊

カクテルをお盆にのせ、咲人は女性を捜して、海の家を出たところにあるサンベッド・ゾーンをキョロキョロ見回した。

女性は派手な水着を着ていたので、すぐに見つかった。連れの黒髪ロングの女性は、うつ伏せで、白い背中を見せるようにして寝ていたのだが――

「お待たせしました」

「あ、来た来た！　ありがとう♪」

「……ん？　高屋敷？」

「はい、高屋敷です…………げっ！　橘、先生……」

「ふむ、いかにも」

　咲人は驚き、青ざめた。

　なんと、サンベッドに寝ていた黒髪美人は、数学教師の橘冬子。

　普段は生徒指導という堅い肩書をもった橘だが、今は髪を下ろし、眼鏡を外し、ブラウン系の大人っぽいビキニを着ている。そして、恐ろしいほどにスタイルがいい。普段の地味な格好と比較してみても、あのまま話しかけられなければ別人と見間違えるほどだ。

　いや、そんなことよりも——この状況をどうしたらいいのか。

　不思議そうな目で見てくる橘に対し、咲人はひどくきまりが悪い上に、どうしてこんなところに先生が？　校則にはアルバイト禁止とは書かれていないが、そもそも今やっているこれはアルバイトなのか？　……などと、咲人は頭をフル回転させて考える。

「して、高屋敷。君はなにをやっているのかね？」

「なにって……お店の手伝いです……」

　すると橘は咲人の顔をじっと見てニヤッと笑った。

「……私は夏休み前に、もう少し尖ってみたらどうかねと提案したが、猫耳を生やせなどとは一言も言ってないぞ？」

「っ……！　これはあの店の正装なんです……！」

慌てて弁明する咲人を見て、橘はふふっと笑った。

「君がここにいるということは、宇佐見姉妹も一緒だな？」

「うっ……どうしてそう思ったんです……？」

「簡単だ。君の行動原理は常に宇佐見姉妹だからな？　双子子町に来ているのも、猫耳をつけて働かなければいけない状況になったのも、おそらく宇佐見姉妹が原因かと思ってな。……まあ、私の推測だが」

咲人と橘のやりとりを見ていた女性が口を開いた。

「もしかしなくても、冬子の教え子だったの？」

「ああ。授業は直接持ってないがな」

「そかそか。――あ、私、冬子の友達で花岡風夏っていうの」

「あ、はい……よろしくお願いします、花岡さん……」

なんだか軽いノリの人だな、と咲人は思いつつ、もう一度橘を見る。

「して、高屋敷。どうしてここにいるのか説明したまえ」

橘が店に行ったら、光莉と千影がいる。真鳥と柚月もいるし、ここは誤魔化しきれないかと思い、咲人は観念した——

＊＊＊

「——なるほど、あの『Karen』という海の家は高坂の叔父さんが経営していたんだな」

「はい……」

「宇佐見姉妹とたまたま旅行に来ていて、困っていたから手助けしているというわけか」

ある程度、ぼやかすところはぼやかしつつ説明し終えると、橘はクスッと笑った。

「宇佐見千影らしいな」

「はい、まあ……」

橘が納得したところで、咲人は気になっていたことを訊ねてみた。

「ところで橘先生はどうしてここに？」

「昨日、出張でこの近くまで来たんだ。そうしたら風夏が海に行きたいというものでな」

「ググったら猫町が近くにあるって知ってね。冬子と一緒に来たんだ～」

「ふむ。こう見えて私は猫好きなんだ」

咲人は「はぁ」と気のない返事をした。

「それで、君は宇佐見姉妹とどこに宿泊しているのかね?」

「えっと、叔母の知り合いの別荘です……」

「ふむ。では、叔母さんも一緒か?」

「ええ、まあ……」

咲人は苦笑いで返しておいたが、橘は怪しむような目で見てきた。

「なんですか……?」

「……まあ、いい。問題が起きなければな」

咲人は内心ほっとしていたが、今の嘘は気づかれてはいないだろうかとヒヤヒヤした。

「すまない風夏、ちょっと高屋敷と二人きりにしてもらえないだろうか?」

「あ、じゃあ私、泳いでくるね?」

花岡はニコッと笑うと、砂浜を駆けていった。

橘と二人きりになると余計に気まずい咲人だったが、いったいなんの話になるのかと身構えた。

「まあ、そちらに座りたまえ」

「はい……」

咲人は花岡の寝転がっていたサンベッドに腰掛けた。

「宇佐見姉妹とは、その後どうだ？」

「え？　まあ、仲は良いですが……」

「ふむ。夏休み前はいろいろあったが、入学当初よりあの姉妹は変わったよ。良い傾向だ」

「そうですか……」

「君自身も変わった」

「え？」

「それも良い傾向だと私は評価しているよ」

橘は微笑みながら、海の先にある姉子島を眺めた。

少しだけ静かで穏やかな時間が流れたが、咲人はふと以前から考えていたことを訊ねてみることにした。

「あの、橘先生……」

「なんだね？」

「先生は、本当は……千影の人物評価を俺に訊いたとき、知ってたんじゃないですか？」

「ふむ、なにをだね？」

「例の噂の真相です。ゲーセンに入り浸っている人が、千影ではなく光莉だったって、先生は最初から知っていたんじゃないかって……」

橋はなにも言わずに微笑んでいるが、もしそうだとしたら——

「橘先生は、俺と千影の関係がうまくいくように仕向けた……あの成績表が貼り出された日、あの場に先生もいて、俺が千影から話しかけられているのを見ていましたね？」

「続けたまえ」

「そのあとの、千影のポニーテールの指導……あれも、俺があいだに入ることをじつは期待していた。そもそも真鳥先輩がポニーテールなのに指導していないのは変です——」

『——やはり宇佐見千影が気になってな。昨日の指導も、じつはポニーテールの指導をしつつ、本人の様子を観察しようと思ったんだ』

橘はそう言っていたが、本当に様子を観察されていた「本人」というのは俺のほうだったのではないか？

他学年の生徒なら、多少そのあたりは甘くなるかもしれないが——

「同じ学年の東野和香奈（ひがしのわかな）だって、目立つツインテールなのに指導はしていない……これでは筋が通りません。指導が理不尽すぎて、生徒指導という立場だとリスクしかないのに、わざと騒ぎにした。千影なら、食ってかかるとわかっていたから……」

「つまり？　なにが言いたいのかね？」

「わざと騒ぎにしたのは、俺が千影を助けに入ると思ったからですか？」

　橘はふっと声に出ない笑いを浮かべた。

「理由は伝えただろう？　放課後に遊び回っているという噂が本当かどうか、本人の様子を観察するだけだと。……途中で君に邪魔されてしまったがね？」

「本当にそれだけだったのでしょうか？」

「と言うと？」

「光莉です。先生は最初から、噂の張本人が光莉だと知っていたんじゃないですか？」

　もう一度訊ねると、橘は沈黙した。

　——しかし、そう考えれば辻褄が合う。

　そもそも、生徒指導担当で学年全体を把握している橘が、学校に来ていなかった光莉の存在を知らないわけがない。

　真面目で優等生な千影がそんな噂通りのことをするわけがないとしたら、必然的に同じ顔の光莉のほうだとわかったのだろう。

「俺と光莉が初めて会った日も、橘先生はあの場にやってきました」

「いつの話だったかな？」

「俺が先生に見つかって注意を受けた日です。……いえ、先生はやってきたふり、生徒を探すふりをして、俺と光莉が一緒にいたところを本当はどこかから見ていた――本当は俺たちがゲーセンで対戦していたところも泳がせていたのでは？」

　この推測が正しければ、最初から、千影の噂は、光莉のことだとわかっていた。わかっている上で、そこに首をつっこんでいた咲人（さくと）に興味を示した。

　だとするならば――

　あじさい祭りの件、新聞部の件も、咲人と宇佐見姉妹の関係を深めるために用意した舞台。三人がそれぞれ抱えている問題を、お互いに協力し合って解決し、その過程で関係が深まる、そのために用意した舞台だったのではないか――

「陰で、俺と宇佐見姉妹が今のような関係になることを画策した……新聞部の件は、最初から露骨でしたし、今までのことを振り返ってみると、それが一番納得するんです」

　咲人は真剣な目で橘を見た。すると橘はふふっと笑って咲人のほうを見返した。

「たいした推理だ。君は猫耳店員ではなく小説家になったらどうかね？」

「っ……！　先生、俺は真面目に……！」

「いや、猫耳に言われてもなぁ……」

　羞恥で真っ赤になった咲人を見て、橘はクスクスと可笑（おか）しそうに笑った。

「……まあ、あのときの君の気持ちがわかった」

「あのとき……？」

「私が学食で君に問うたときだよ。わざとテストで手を抜いたんじゃないかってね」

「っ……」

「今はあのときのことをやり返された気分だよ。——ただまあ、証拠がない。憶測にすぎない点で言えば、お互いにどっちもどっちな三文推理小説家だな？」

橘は肯定も否定もせずに、ずっと微笑を浮かべたままだ。

「けっきょく、真相は……？」

「闇の中さ」

橘はそう言って、満足そうな顔をした。

これ以上の追及は無駄だろうと思い、咲人は立ち上がった。

「橘先生、俺、もう戻りますね？」

「最後にもう少しだけ、いいか？」

「……なんです？」

「宇佐見光莉は学校に来るようになった。友人もでき、新聞部という居場所ができて、もう心配は要らないだろう」

「はぁ……？」

「宇佐見千影も物腰が柔らかくなった。姉の成長に引っ張られるように、これまで以上に自分を外せるようになったのは良い傾向とも言える」

「さっきの続きですか？　それなら——」

「君はどうだ？」

「え……？」

「あじさい祭りのとき、自分の感情に、心に従えるようになった。宇佐見姉妹のためではなく、新聞部のためにも陰でいろいろと行動に移した。以前は不自然だった、つくったような笑顔も、今は自然に笑えているように私には見える。でもね——」

そう言うと、橘は真面目な顔つきになった。

「——まだ、私の中では引っかかっている部分がある。……君の過去だ」

「俺の、過去……」

「なぜ、第一志望の結城学園ではなく、第二志望の有栖山学院にしたのか……本当の志望理由が知りたくてね……そうでなければ、彼女は一生救われない」

「……え？」

「赦すことと、救うことは違う。彼女の心はまだ難破中のように見えるがね。——ほら、

「過去が向こうからやってきたぞ？」

　橘が見つめる先、海の家『Karen』から草薙柚月がこちらに向かってやってきた。

　ああそうか、と咲人は思った。

　それこそお節介な話だ。過去を、彼女をこれ以上どう救えと言うのだろうか。今の関係だって、悪くないと思うのに。

　橘の中では、すでに一つの物語が出来上がっているのかもしれない。

　ただ、書き手としては、かなり厄介で、杜撰で、ずいぶんお節介な気もするが――

「咲人、真鳥先輩が忙しいから呼んでこいって」

「ああ、わかった……」

　咲人は微笑を浮かべて柚月のほうへ向かった。

　並んで歩き始めると、柚月は少しむっとした顔をした。

「……てか、誰、さっきの美人？　ナンパされたの？」

　柚月は、さっきの人が橘だと気づかなかったらしい。

「ん？　さあ？　ナンパとかじゃないよ」

「そう……」

　咲人は微笑んでみせたが、柚月はどこか不満そうに首を傾げていた。

第9話　無人島で三人きり……？

日差しを浴び、一艇の白いフィッシングボートが、海面を進んでいた。

「気持ちいいねぇ――――っ！」

光莉（免許取れたて）が楽しそうに操縦している。

「わわっ……！　きゃあ！」

「おっと――」

千影がバランスを崩したところを咲人が軽く受け止めた。

「大丈夫？」

「あ……ありがとうございます、咲人くん……」

「にしても、本当に操縦できるんだな、光莉……」

「ひーちゃんは天才なので……」

じつは、昨日光莉が修理した船の男性から船を貸してもらえることになった。

そこで三人は、休憩の時間に光莉の操縦で海に出たのだが、光莉は行きたい場所があるらしく――

「光莉、本当に姉子島に行きたいの？」

「うん。あそこならプライベートビーチ気分を味わえるんじゃないかって思って」

「プライベートビーチねぇ……」

せっかく休憩時間になったというのに、今日は土曜日ということもあってか、浜辺がかなりの人で混んでいた。三人で遊ぶにしても狭い。

そこで光莉は、周りの目を気にする千影を慮って、昨日の男性に電話をかけたのだ。

姉子島は無人島で、所有者は漁協。男性が気を利かせて問い合わせてくれたため、男性から船を借りる手配だけでなく、入島の許可まで全部やってもらったのだった。

(昨日はイカをもらっちゃったし、あとでなにかお礼をしないとな)

咲人がそう思っていると、船着き場が見えてきた。

「あ、もうすぐ着くよ！」

――一つ、懸念があった。

懸念と言っても、とるに足らないことであるが、あの言い伝えである――

『作り話かもしれないが、このあたりじゃ昔から、姉は島に行かすな、妹は山に入れるな、という言い伝えがあるのさ』

『どうしてです？』

『姉は海にさらわれ、妹は山から戻らぬと言われていてね』

あの老婆から聞いた話が本当だとは思いたくないが、光莉が姉子島に入るのはなんだか良くない気がしてならない。

なんだか胸騒ぎがしてきた。

ただの考えすぎかもしれないが――

＊＊＊

姉子島は東西南北どこから見ても綺麗（きれい）な三角形に見える面白い形の島だ。

一箇所だけ人工的につくられた船着き場があるほかは、周囲はぐるりと砂浜に囲まれ、波も穏やかそうだ。

クーラーボックスや荷物を持って上陸したあと、三人はとりあえず島の周りを回ってみることにした。一周は約二十分程度。外周は一キロくらい。

もちろん誰もいない。光莉が言うように、プライベートビーチのようだった。

「あれ？　あそこにあるのって鳥居かな？」

光莉が指差した場所――木々のあいだから朱色の鳥居が見えた。陸からも少しだけ見えていたが、近くで見ると、しっかりとした鳥居だった。

「たぶんそうだね」

「なにが祀ってあるのかな？」

「……さぁ？」

咲人は苦笑いではぐらかしておいたが、おおよそ見当がついていた。

老婆から聞いた伝説によれば、この島に光子という双子の姉がきた。祀られているのは、海の神か光子だろう。

そして、山の神、あるいは千加子が祀られているのは妹子山か——

迷信などは信じない質の咲人だが、今回の話は不思議と気になっていた。

「咲人くん、ここからも海の家が見えますよ」

「ほんとだ」

海の家『Karen』は外装が白いために、島からもよく見えた。

今ごろ真鳥と柚月はせっせと働いているのだろうか。

その海の家の先には妹子山が青々とそびえ立っている。姉子島と同じように、ここから見ると綺麗な三角形をしていて、たしかに姉妹のようにも思える。

「じゃあさっそく泳ごっか？」

「そうだね」

光莉と千影が服を脱ぎ出し、水着になった。……なにとは言わないが、相変わらず破壊力が凄まじい双子姉妹である。

三人でえっちらおっちら準備体操をしてからいざ海に入る。なかなかに気持ちがいい。

「えい！　えい！」

「ちょっとひーちゃん！　やったなぁ～！」

「千影、加勢するよ」

「ちょっ！　二人がかりは卑怯だってば～！」

そんな感じで、水を掛け合ったり、泳いだりして、休憩は砂浜に立てたパラソルの下でのんびりとくつろいだ。

そうして三人で遊んでいると――

「……ん？」

咲人は背後の山を見つめた。

「どうしたんですか？」

「あ、いや……」

気のせいか――咲人はそう思ったが、なんだか気になった。

「わかった、トイレだね？　じつはうちもさっきから我慢してて……」

「違う違う……でも、トイレはここにないから……」

「うん……ちーちゃん、ちょっとついてきてくれるかな？」

「わかった。——咲人くんはどちらへ？」

「ちょっと山のほうに行ってみるよ。またあとで合流しよう」

　こうして咲人は双子姉妹と離れ、一人で山へ向かった。

＊＊＊

（たしかこっちのほうだったよなぁ……）

　咲人は茂みの中をウロウロと歩いていた。

　というのも、先刻浜辺にいた際に後ろを振り向いたとき、なにかが反射したと思ったら、白いものがすっと動くのを見た気がしたのだ。

　記憶を遡ってみる。

　たしかに、その一連の流れが映像として流れたが正体は不明だ。

（まさか、また真鳥先輩か？　でも、海の家があるしなぁ……）

　真鳥ではないとしたらいったい——

――ガサッ！

「えっ⁉　うわっ！」

咲人は思わず後ずさった。

急に茂みから白いものが飛び出たと思ったら――

「ニャー」

「……って、驚かすなよ……」

咲人の目の前に現れたのは一匹の白猫。見覚えがあった。

「……君、あの呉服屋さんで会った子か？」

「ニャー」

「どうしてこんなところに？　泳いで渡ってきたの？」

「ニャー」

白猫は返事をするように鳴いてみせるが、当然なにを言っているかわからない。

（光莉を連れてくれば良かったなぁ……）

光莉なら猫語ができる（？）ので、なにかわかったかもしれないが。

「ニャー……ニャ」

白猫はゆっくりと咲人に歩み寄ると、足に身体を擦りつける。とりあえず気に入られているようで、屈んで頭に手を伸ばしても逃げる素振りもない。

ところが急に、咲人の手を額で押し返すと、ピョンと跳ねて咲人から距離をとった。

「どうした？」

「ニャー」

白猫は茂みの中に入っていこうとするが、途中で振り返っては「ニャー」と鳴き、また途中で振り返っては「ニャー」と鳴いた。

「……ついてこいってことか？」

咲人は半信半疑、白猫の誘導に従って、そちらへと歩みを進めた。

＊＊＊

しばらく山間を歩いて、咲人は立ち止まった。

「ここは……」

白猫に案内された場所は、島の鳥居の前。その先に小さな祠がある。白猫はその前に立つと、片足を上げて呑気に毛づくろいを始めた。

「どうしてここに案内してくれたの？」

白猫は内腿のあたりを舐め続けてなにも返さない。

ただ、この白猫にとってはお気に入りの場所のようだ。

仕方なく、咲人は祠に近づいてみた。

大きさは咲人の胸の高さくらいまでしかない。祠は石でつくられていた。しめ縄が飾られていたようだが、風雨にさらされたためか、地面に落ちていた。

そのとき、咲人は叔母のみつみから聞かされていたことを思い出した。

みつみも咲人と同じで信心深いほうではないが、物が落ちていたり、壊れていたら、見て見ぬふりをするよりは、と——

「ちょっと失礼」

咲人は白猫のそばを通って祠の前に落ちていたしめ縄を拾い上げると、祠のもとの位置、梁のあたりの引っ掛ける釘につけ直した。

それから祠の周りの雑草を抜き、多少は見栄えを良くしておく。

「——よし、と……」

先ほどよりは多少見栄えが良くなっただろうか。

すると白猫がゴロゴロと鳴きながら、咲人の足に身体を擦り付ける。お気に入りの場所を整えてもらって、感謝でもしてくれているのだろうか。

ついでなので、二礼二拍手一礼。

拝み終わると、そばに座っている白猫に声をかけた。

「それじゃあ戻るよ」

「ニャー」

「え？　君は行かないの？」

「ニャー」

白猫はそこがずいぶん気に入っているのか、また呑気に毛づくろいを始める。

「俺たちはもうすぐ向こうに戻るけど、置いていっちゃうぞ？」

咲人がそう言っても、白猫はずっと毛づくろいをしていた。

＊　＊　＊

咲人が戻ってくると、パラソルのそばには光莉と千影がいて待っていた。

「ごめん、お待たせ」

「どこに行ってたんですか？」

「ちょっと探検に」

「だったらうちも行きたかったなぁ……」

「ごめんごめん。それより、もうそろそろ戻らないといけない時間じゃないかな?」

時間を気にすると、光莉が最後にもう一度泳ぎたいと言った。

そうして、三人で泳いでいたのだが、折からの海風が徐々に強くなってきた気がした。

「光莉、そろそろ戻ろう!」

「りょーかい!」

少し沖のほうまで行っていた光莉が、ザブンと海の中へ潜った。

そのときだった——

潮の流れが急に変わったように、いきなり波が強くなった。

先に上がろうとしていた咲人がはっとして光莉のほうを見る。

光莉は——海面に顔を出した。

ところが、光莉を追って、大きな波が後ろから押し寄せてきた。

「え? ちょ……——」

「っ……!? 光莉っ!」

光莉の頭上からザバーンと波が落ちた。

大きな手で沖に引っ張られるような光景を目にしたとき、果たして——

『姉は島に行かすな——姉は海にさらわれ——』

　老婆の声が咲人の脳裏に響いた。

「え？　ひーちゃん……!?」

　先に上がった千影が振り返ったときには、咲人はすでに光莉を求めて海へと潜った。

　高い波だったが、そんなに遠くには行っていないはず——

　海の中を捜す咲人は、光莉が見当たらないのに焦ったが、息が続かず海面にぷはっと顔を出した。

「光莉っ！　どこだっ！」

　叫ぶ咲人——すると海面から、

「プハッ！　もう～、耳に水が入ったぁ～～～！」

　光莉が顔を出したので、咲人はほっとした。

「良かった……光莉、早く戻ろう」

　そうして咲人が光莉を引っ張るかたちで、ようやく腰元が見えるところまで戻ってきたのだが——

「ひーちゃん……⁉」

千影がプルプルと震えながら、光莉を指差した。焦り方が尋常じゃない。

咲人は慌てて、光莉のほうを向いた。

「なにかあったか、ひか……っ——⁉　——ご、ごめんっ！」

「え？　二人とも、どうしたのか……なぁああ——っ⁉」

咲人は思わず閉口し、慌てて顔を逸らしたが、一歩遅かった。

——そう。

なにかあった、ではなく、あるべきものがなかった。

光莉のビキニのトップスである。

光莉は顔を真っ赤にして、胸元を押さえて海に屈んだ。

「さっきの波のせいかなっ⁉　咲人、見た⁉　見ちゃった⁉」

光莉の尋常ではない慌てぶりは、相手が咲人だから余計にそうなのである。

咲人は一度見たものの記憶を忘れない。忘れないので、一瞬でも恥ずかしい部分——特に今回は光莉の形の良い綺麗なおっぱいなのだが、その記憶は消せないのである。

「……見た、と言うより、見えた……」

「っ――――――――――……!?」

光莉は、悶絶しそうなほどに羞恥で真っ赤になった。

しかし、かえって良かったのかもしれないと、咲人は心の中でほっとした。

これまでのことを思い出すと、下着で抱きついてきたりしたこともある。

多少なりともこういう恥ずかしいリアクションをしてくれることに、妙な安心感を覚えた咲人だった。

――して。

さらわれたのは、姉ではなく、姉の着ていたビキニのトップスであった。

ツイントーーク！④　モスキートさん……？

「あった！」

光莉が高らかに上げたのは海藻ではない。

沖に流されたと思っていた水着のトップスだった。

じつは浅瀬へと押し返されていて、浜辺に戻る直前にたまたま見つかったのだ。

「いや～、ほんとあって良かった良かった～」

光莉はそう言いながらトップスをつけ直すが、千影が若干深刻な顔をしている。

「ひーちゃん……そろそろ、あのこと咲人くんに言わない？」

「うーん……うちはこのままでもいいと思ってるんだけどなぁ……」

「さすがにそろそろ……」

「……そうだね、わかった」

そんなことをコソコソ話している双子姉妹は、浜辺でパラソルを畳んでいる咲人を遠巻きに見ながら、思わずクスッと笑った。

「でもさ、気づかれないもんだね？」

「虫刺されだと思ってるのかも……」

「こんな感じで？　ちゅううう――――」

光莉は千影の首筋に吸い付く。

「ひゃんっ！　ひーちゃっ……ちょっと……！」

柔らかくもくすぐったい光莉の唇は、千影をぞわぞわとさせた。

「チュパ！　――あぁ〜、美味しかった♪」

「もう！　痕が残ったらどうするの……」

千影は不満そうに言って首筋を撫でたが、すでに皮膚が赤くなり、キスマークと呼ばれるものになっていた。二つ並ぶと唇の形になって完成するが、一つだけだと虫刺されのように見えなくもない。

ちなみに咲人の首筋には、左右にキスマークがついている。

犯人はもちろん光莉と千影なのだが、咲人は今朝から気づいていない様子だった。

ただ、光莉は知っていた。

店にやってきた女性客が、それとなく咲人の首筋を見て「なんだ、あの人彼女いるんだ？」「声掛けようと思ったのに残念……」と避けていったことを。

真鳥と柚月は気づいていない様子で、忙しくパタパタと仕事をしていた。

「痕、残ってるかなぁ……」

「どうせならもう一本いっとく？」

「栄養ドリンクみたいに言わない！　いかない！」

「でもさ、二つついたらいい感じじゃない？」

「どういうこと？」

「ほら、咲人くんからされたって感じで……」

「っ……!?　それは……咲人くんからがいい……！」

断じて、姉につけてもらうものではない。

「じゃあ、仕返しにうちにつけてもいいよ～」

「いい、遠慮しとく……」

「うち、昨日も今日もナンパされてさぁ、正直困ってたんだよね……」

「え？　そうだったの？」

厨房で料理をしていた千影にとっては、ほかの女子三人が男性客に声をかけられていたなどというのはあずかり知らぬことだった。

「てことで、お願いできる？」

「わ、わかった……」

「ごめん、うちは首筋じゃなくておっぱいのあいだくらいで」

「えぇっ⁉」

「嫌なら太腿のあいだでもいいよ？」

「そっちのほうがイヤッ！　──じゃあ、おっぱ……じゃなくて、胸のあいだで……」

「そろそろおっぱいくらい普通に言えるようにしようよ、ちーちゃん……」

光莉に呆れられながらも、千影はゆっくりと、光莉の柔らかな胸の谷間に顔を近づけていき──

「はむっ……」

「ひゃっ！　ちょっストップ……！　やっぱ首筋にしてっ！」

「わかった……はむっ」

「あ、ちょっ……そこ……ん〜〜……！　ちーちゃん、まだかなっ……⁉　あっ──」

声を漏らさないように我慢する光莉と、早く終わらせたい千影。

そんな二人の様子を、ビニールシートを畳みながら見ていた咲人は──

（なにやってんだ、あの二人っ……！）

顔を赤くして驚いたが、なんとなく、自分の首筋までむず痒いものを感じた。

とりあえず目の保養にはなったものの、そのあと理由を訊ねることはできなかった。

第10話　ビーチバレー、する……？

姉子島から帰ってくると、事態が急変していた。

「あれ？　真鳥先輩、どうしたんですか？　柚月まで……」

咲人たちが驚いたのは、真鳥と柚月が店の外に出て、二人で水着になってサンベッドに呑気に寝転がっていたのだ。二人揃って、ずいぶん呑気そうである。

「私ら、休憩中」

「え？　それじゃあ店のほうは？」

「なんかね、パパとママが仕事を早く切り上げて来てくれたんだ。叔父さんが入院中だからって、急いで駆けつけてくれてさぁ」

「そうだったんですね」

咲人は一瞬「ふむ」と考えた。

「……じゃあ、俺は真鳥先輩のご両親にご挨拶と、これまでのことをご報告してきます」

「ちょ――と待とうか、高屋敷くん！」

真鳥は焦りながら咲人を通せんぼした。

「報告って、なにを報告するつもりかなぁ……？」

「ほら、夏休み前に俺が先輩からされた、様々なアレのことですよ？」

「はやまるなって！　もう私ら友達じゃん⁉　ね⁉」

真鳥は、よほど学校での悪行の数々を両親に報告されたくないようだ。

「それに女の子のご両親にご挨拶って〜！　あははは っ！　うちのパパとママが誤解しちゃったら高屋敷に悪いじゃん？」

「あー……ご心配なく。とりあえずそこをどいてください」

「ごめんって！　今までのことは本当に許してっ！」

真鳥は咲人の脚にすがるようにくっついた。

サンベッドから柚月が「うわー……」と引いた目で真鳥を見ている。

「咲人、真鳥先輩も反省してるっぽいし、許してあげたらいいんじゃないかな？」

「まあ、光莉がそう言うのなら……」

「いいえ！　こういうのは徹底しないとダメです！」

千影がピシャッと言った。

「きちんとご両親に伝えた上で、しっかり反省してもらわないと！」

「やっぱりそうだよな？　千影の言う通りだ」

「高屋敷っ！　お前、宇佐見姉妹の言いなりかよ――――っ⁉」

とりあえず、真鳥の泣き所がわかったところで、咲人はやれやれと首の後ろを掻いた。

「それじゃあ、俺たちはもう手伝わなくていいんですね？」

「うん。あとは私と柚月ちゃんでなんとかするから。——あ、手伝ってもらった分は、今晩なにか美味いものをごちそうするからさぁ」

真鳥にそう言われたが、咲人たちは急に時間が空いてしまったことになる。

すると、隣から小さなため息と、呟きが聞こえてきた。

「そっか……せっかく仲良くなれたのにな−……」

千影の口元は微笑んでいたが、目元は少しだけ眉間にシワを寄せ、残念そうだ。

仲良くというのは、あの猫たちのことだろうと咲人は察したが、明日までまだ時間があるだろうし、そこまで落ち込む必要もないだろう。

「……あとで『チュルチュル』あげにいったら？」

「そうですね……そうします」

そう言って、千影は目を細めた。


——して。

現在の時刻は四時。

このあと夕方までなにをしようか考えようとすると――

「てことで、今からビーチバレーやらね？」

真鳥はそう言ってボールを手にした。

「場所はどうするんですか？」

「向こうのほうにビーチバレー場があるんだよ。いちおううちが管理してて、今の時間は誰も使ってないみたいだぜ」

「なるほど……。――光莉、千影、どうする？」

「「やりたい！」」

楽しそうに言う二人を見て、咲人は微笑を浮かべる。

「てことで、やりましょうか？　……なんですか、その目？」

真鳥が真顔でジーッと見つめてくる。

「お前さ、ガチで宇佐見姉妹の言いなりになってね？」

「なってませんよ……」

「なんか臭うんだよねぇ……プンプンとさぁ……」

「なにを言ってるんですか？　ほら、行きましょう――」

＊＊＊

有料のビーチバレー場は、道具の借用も込みで一時間千円。真鳥が言っていたように、今の時間は誰も使っていなかった。

「じゃあチーム分けしようぜ」

真鳥がそう言うと、咲人が「あ」と小さく手を上げる。

「その前に、俺は審判でお願いします」

「なるほど……ポロリの瞬間を見届けたいというわけか……」

「違いますよ……。なにを真面目な顔で言ってるんですか……」

せっかくなのだから女子四人で二対二に分かれたほうがいいだろうということで、けっしてスケベ根性を出したつもりはない。

そうして四人でチーム編成をした結果、光莉と真鳥、千影と柚月のチームになった。

「じゃあ光莉、よろしくな？」

「こちらこそよろしくお願いします！」

こちらは新聞部チームといったところか。もう一方は――

「柚月さん、よろしくお願いします」

「うん」

――チーム・あじさい？　共通点はあじさい祭りくらいしか思い浮かばないが、とりあえず関係性は悪くないようだ。

ジャンケンの結果、先攻は新聞部チームになった。最初のサーブは光莉だ。

「光莉！　一発かましちゃえっ！」

「了解です！　――それじゃあ行っくよーっ！」

光莉がボールを構えるが、どうやらフローターサーブ。ボールをちょんと宙に上げ、

「せぇーい！」

打ったボールは真っ直ぐに勢いよく飛んでいき――

「ヘブシッ……！」

――真鳥の後頭部に直撃し、前のめりに倒れた。

「「「…………」」」

全員が「あ……」という顔をして静寂が訪れたが、光莉が慌てて真鳥に近づく。

「ま、真鳥先輩⁉　ごめんなさい！　大丈夫ですかっ……！」

「へ、へーキ……こんくらい……大丈夫だって……あははは……」

わざとではないが、こういうミスはだいぶ気を使う。特に先輩相手だとなおさらだ。

真鳥は先輩としての度量の広さを見せようと、必死に笑顔をつくっていた。

「つ、次こそ頼むぜ……？」

「わかりました……」

光莉のミスでサーブ権を失い、チーム・あじさいに一点が追加された。

次のサーブは柚月(ゆづき)——下から打つアンダーサーブは、ふわっと緩く新聞部のコートに入る。真鳥がレシーブをして、光莉がトス——続く真鳥のスパイクは見事にチーム・あじさいのコートに突き刺さった。

「真鳥先輩ナイスです！」

「おうよっ！　どんどん上げてくれ！」

後輩の手前、得意げな真鳥はなんとか先輩としての体面を守ったようだ。

再びサーブ権が返ってきて、今度は真鳥のジャンプサーブ。

「取った！」

千影がレシーブし、柚月がトス——

「千影ちゃん！　決めてっ！」

「任せて！」

高く上がったボール目掛けて、千影は助走から空高く舞い上がり、

「せぇーぃ！」

綺麗なフォームのスパイクは光莉のほうへ飛んでいく。

「光莉、行った！」

「任せてください！」

光莉の脳内で、ピピピ……と、スパイクの軌道の計算が開始された──

重量、直径、弾力性──おおよそ先ほどボールに触れた感覚でわかった特性に、今度は運動方程式を使用して、初速度、角度、重力の影響などを加味する。

さらに、天候、風向き、ボールのドライブ回転、流体力学、空気抵抗──変数的ななにかや、千影の変態的ななにかなど、それら様々なアプローチや計算方法を組み合わせることで、正確なボールの落下地点を割り出した結果──

「ここっ！」

光莉はドンピシャでボールの下に入った。

その瞬間を横から見ていた咲人は「おおっ」と呻った。

そして光莉の腕にボールが当たると、勢いそのままで真横へ真っ直ぐに飛んで──

「アブシッ……！」

――今度は真鳥の側頭部に直撃し、横に倒れた。

「「「…………」」」

再び全員が「う……」という顔をして静寂が訪れた。

「ま、真鳥先輩⁉　ごめんなさい！　大丈夫ですかっ……！」

「へ、へーキへーキ……大丈夫、大丈夫だって……あははは……」

はたから見ていた咲人は、なんとも言えない気分になった。

（わざとではない……よな？）


――して。

その後、両者一歩も譲らずに、ときたまラリーが続くこともありつつ、チーム・あじさいが先にマッチポイントを迎えた。

サーブ権はチーム・あじさい。

柚月のふわっとしたアンダーサーブが新聞部チームのコートに入る。

光莉がレシーブ、真鳥がそれをトスして、光莉のスパイクへと繋がり――

「せぇーい！」

光莉の綺麗なフォームのスパイクは、柚月の正面へと飛んでいった。

「きゃっ……！」

レシーブした瞬間、柚月がバランスを崩して尻もちをつく。

ボールは明後日の方向へ飛んでいくが――

「任せて！」

千影が必死に追いかけて飛び込む。

片手でコートの内側に戻すと、なんとか起き上がった柚月がそれを返した。

「光莉！　もう一本！」

新聞部チームは再びスパイクの流れまで繋がりそうだ。

飛び込んだあと、千影は慌ててコートに戻ろうとした――が、胸元に違和感を覚えて、
見るとトップスがズレてポロリしそうになっていた。

「こんなときに……！」

千影は慌ててトップスを直し出す。すると――

「私がなんとかする……！」

そう言い切った柚月を見て、咲人は「へぇ」と感心した。

咲人が知る限り、柚月はこういうことに熱くなるタイプではない。

中学時代の柚月は、体育祭も、球技大会も、周りのテンションに合わせてはいたが、どこか控えめで、心から楽しんでいるようには見えなかった。

（こういう顔もするんだな……）

しかし、よくよく思い返してみれば、小学校時代の柚月はよく笑っていたし、素直で明るくて、光莉のようなタイプだった。

中学に上がったくらいからか。今の落ち着いた雰囲気と言うか、気怠そうな雰囲気になったのは。

なにかに熱心になることもなかった柚月が、なんとかすると真剣な表情でボールを目で追っている姿は、咲人にとって、懐かしくもあり、なんだか新鮮だった。

そうこうしているうちに、光莉がトスを上げ、真鳥が舞い上がる――

「しゃあ――っ！」

真鳥のスパイクは、柚月から見て右横へと飛んでいく。

柚月の身体はバッとそちらに反応した。

「今度こそっ！」

柚月のレシーブは、綺麗に高く上がり、奇跡的にネットの手前、スパイクが打てるところへと綺麗な放物線を描いた。

「千影ちゃん……！」

千影が助走し、一気に空へ舞い上がる。

「これで……決めるっ！」

ツー・アタック――千影のスパイクは光莉と真鳥の虚をついて、ちょうど二人の立っている中間点に落ちる。

咲人はふっと笑顔になって口を開いた。

「勝者、チーム・あじさい」

そう告げると、柚月と千影が思わず抱き合った。

「やったやった！　すごい、千影ちゃん！」

「ありがとう、柚月さん！　柚月さんのおかげだよっ！」

咲人は、女子同士の友情のような一幕を見て、少しだけほっとした気分になった。

そのとき、急に太陽が陰った。女子同士がお互いを褒め称えたり、慰め合ったりしている中、咲人はふと妹子山のほうを向いた。

（……雨雲？）

天気予報では晴れだったのに、薄暗い雲が妹子山にかかっていた。

＊　＊　＊

海の家『Karen』の店内で、五人は肌寒さを感じていた。

「すごい雨ですね……」

窓の外を見ながら千影がポツリと言った。

いきなり降り出した大雨は、砂浜に穴が開くかと思うほどの勢いで、隙間なく降り落ちる。洗い流されたように、砂浜には人は誰も残っていない。最初は『Karen』に避難してきた客もいたが、雨脚が弱まったのを見計らって、すぐに引き上げていった。

「商売上がったりだな……」

真鳥が面白くなさそうに言った。

「いつまで降るんでしょうか？」

千影がそう言うと、咲人はスマホで天気を調べた。双子子町周辺の雨雲レーダーは、二時間先までこの調子のようだ。

「しばらくやまないみたいだよ」

「そうですか……」

千影が残念そうに言うと、真鳥が「あれ？」と入り口のほうを見てキョロキョロしている。

光莉が声をかけた。

「どうしたんですか？」

「うちの守り神たちがいないんだ」

「あの猫ちゃんたちですか？」

「うん……どこ行っちゃったんだろ……」

真鳥が不安そうな表情を浮かべている。彼女がこういう顔をするのは珍しいので、周りもなんだか心配になってきた。

咲人が真鳥に訊ねる。

「先輩、雨のとき、あの子たちはどうしてるんですか？」

「ここの軒下とかにいるよ。あとは店内とか。――ご飯の時間だし、どこかに行ってるならそろそろ戻ってくると思うんだけど……」

そのとき、雨が小降りになり始めた。それを見た千影が「今なら」とつぶやく。

「私、このあたりを捜してみます」

猫が苦手なはずの千影がそう言うと、光莉は少し驚いていた。

真鳥は少し考えて「そうだな」と言った。

「もうお客さんは来ないだろうし、私も捜しに行きたい。千影、頼めるかな？」

もちろん、といった感じで千影が頷くと、

「じゃあ俺も」

「うちも行きます」

と、咲人と光莉。柚月も「私も」と言って、五人で猫たちを捜すことになった。

さっそく三方に分かれる話になり、海の家周辺を真鳥が、浜辺を咲人と光莉が、商店街を千影と柚月が捜すことになったのだが――

「ここ、猫町だし、ほかの野良たちに混ざってたらわからないんじゃない？」

柚月がもっともな疑問を投げかけると、真鳥は「それなら大丈夫」と言った。

「紐っぽい首輪をしてるんだけど、みんな同じデザインだから」

首輪に気づかなかった柚月は、グループＬＩＭＥに共有された画像を見て納得したが、
再び不安そうな表情を浮かべた。

「あとはどこを捜せばいいかだけど……」

「迷い猫の行動範囲は広くても五百メートルほどです」

と、千影が口を開いた。

「室内飼育と放し飼い、オスとメスによっても行動範囲が違います。野良だと、おそらく行動範囲も広くなるかと……」

「広くって、それってどれくらい？」

「二キロくらいでしょうか……」

柚月は顔をしかめたが、無理だとは口に出さなかった。

「ただ、彼らはここを縄張りにしているので、あまり遠くまではいかないと思います。まずは半径五百メートル範囲に絞って捜してみましょう。それと、猫は縄張り意識の強い動物なので、ほかの猫たちの縄張り以外にいると思います。猫の目線になって、薄暗い場所や狭い場所、建物の隙間などを捜して見てください――」

それから千影は、車の下、エアコンの室外機の下、自動販売機の下、側溝の中、植え込みや木の上など、思いつく限りの具体的な場所を全員に伝えた。

（ずいぶん詳しいんだな……）

咲人は内心驚きながら千影の説明を聞いていたが、ふと光莉の顔を見た。

光莉はなにかを言いたそうに、複雑な表情を浮かべていた。

第11話　捜索開始……？

捜索が始まって二十分が経った。

小降りな雨が降り続いている中、発見と確保の連絡がＬＩＭＥで共有された。一匹目は、真鳥が店の裏手の室外機の下で見つけた三毛猫だった。

「真鳥先輩のほう、見つかったってさ。もう少し店の周りを捜すって」

「良かった。じゃあうちらも頑張って捜さないとね！」

この雨のせいで肌寒いのを感じつつ、咲人と光莉は浜辺をウロウロと歩いていた。心なしか波も高くなってきている気がする。

自然はすぐに様相を変える。

この海も、穏やかなときは美しく見えたが、今は海面が薄暗くて冷たそうに見える。まるで人の侵入を拒んでいるかのようだ。

海面の下には濃い闇が広がっているのだろうか――

咲人は光莉を見て、姉子島から早めに引き上げてきて正解だったように思う。

「ところで光莉、さっきなにか言いかけてなかったか？」

「え？　いつのことかな？」

「千影が捜す場所を説明し始めたあたりから……」

「あ……うん、まあね……」

天候も相まってか、光莉の表情がいっそう暗く見えた。

「……昔ね、うちでも猫を飼ってたことがあったんだ」

マシロの件かと思い、咲人は察して口をつぐんだが、その瞬間――


『マシロ……どこ!? マシロ……!』


パッと脳裏に思い浮かんだのは、幼い千影がマシロを捜し回っている様子だった。

――おかしい。

千影の幼いころの姿など知らないはずなのに、どうして急にそんな映像が頭の中に流れ込んできたのだろうか。

この頭は、見たままを記憶する。

それなのに、幼い千影が悲しい表情でウロウロと町中を捜し回っている姿が、なぜか鮮明に見えた気がした。

そんな奇妙な感覚に取り憑かれてしまい、咲人はだんだん嫌な予感がしてきた。

「……咲人、どうしたの？」

「ああ、いや……大丈夫。それより、その子はどんな子だったの？」

「うん。名前はマシロって言ってね、ちーちゃんが名前を付けたんだけど──」

＊　＊　＊

「──猫、詳しいんだ？」

「……え？」

　商店街の裏路地にやってきた千影と柚月だったが、二人で左右を見ながら歩いていると、不意に柚月から話しかけられ、千影は少し驚いた顔をした。

「……詳しいってほどでは。前に調べたことがあったので」

　わざわざ調べるくらいのことをしているのだから、千影は猫好きなのかもしれないなと柚月は思った。

　ただ、そのときの千影の笑顔は、なにか無理をしているように柚月の目に映った。

「あの、柚月さん──」

「ストップ」

「え？」

「その『さん』っていうのが気になってたんだ。柚月って呼び捨てしてよ?」

そう言って、柚月は千影に微笑みかけた。千影は少し戸惑ってしまった。

(なんて、綺麗な人……)

姉の光莉も十分に美少女なのだが、柚月の微笑は思わず魅入られてしまうほどに、美しく整っている。その柔らかな表情は、どこか自分に気を許しているようにも思われ、一片の悪意も感じられない。

(それなのに、どうして……)

じつは、千影が海の家『Karen』を手伝いたいと言ったのは、真鳥が困っていることもあったが、柚月のことを確かめるためだった。

一緒に働くうちに、柚月がどんな人なのかを見極めるため――そして、ここにきて、わからなくなってきた。

どうして彼女は、罰ゲーム告白をしてしまったのだろう。

そもそも、そんな馬鹿げたゲームに付き合った理由がわからない。

しかも、相手は幼馴染の高屋敷咲人。

そのせいで彼は――いや、言い方が難しい。

今のように彼が感情を表に出せるようになったのは、その罰ゲーム告白の、草薙柚月のおかげだから。彼がロボットから「ふつうの人」になったのも、自分と同じ塾に通い始めたのも、彼と付き合うことになったのも、全部、全部、全部――

それなのに、どうしてこんなに憤りを感じてしまうのだろう？

自分が咲人のことを好きだからか、彼女だからなのかはわからない。

柚月のした行為に対してか――それとも、草薙柚月という存在自体に対して憤りを覚えてしまっているのか。

柚月のことを、咲人からはこう聞かされている――

『自分に道を指し示してくれた、大事な幼馴染なのだから』

暗い感情が胸の内でうずまく。彼女を見極めようとして、怒りや不安がふつふつと湧いてくるのはなぜなのだろう。

答えが出ないまま、千影はモヤモヤとした気分でキュッと胸のあたりで拳を握った。

（……でも、咲人くんにとっての大事な人なら――）

千影はゆっくりと拳をほどき、そのまま胸に手を当てた。

「……わかりました。それでは私のことも千影で」

やんわりと笑顔を浮かべておいたが、頭の片隅ではべつの疑問が浮かんでいた。

「柚月、訊いてもいいですか?」

「なに?」

「どうして……昨日の夜、私と咲人くんを二人きりにしたんですか?」

「あ、えっと……バレちゃってた?」

「はい。むしろバレバレでした」

柚月は、「だよねー」と悪戯がバレた子供のように、頬を赤くして苦笑いを浮かべた。

「ぶっちゃけ、千影のことを応援したくなったんだよね」

「応援、ですか?」

「そう。光莉ちゃんも千影も咲人のことが好きなわけだし、どっちが咲人の彼女に相応しいかって考えたとき、真っ先に出てきたのは千影だった」

「それは……どうして?」

柚月は目を伏せながら笑った。

「……光莉ちゃんって、天才ってやつだよね?」

「はい、まあ……」

「姉妹で比較されることって、今までにあった?」

「……それは、もちろん。ひーちゃんはあの明るい性格で、すごい賞をとったり、みんなが驚くようなことをいつもしてきました」

その姿を、千影はそばでずっと見てきた。ただ、周囲に比較されるというよりも、自分自身が姉と自分を比べてきたようにも思う。

「私は……真面目すぎるというか、ひーちゃんのようになにかの才能があるわけではないんです。努力することしかできないから努力してきたのですが、ひーちゃんには敵わないと、そう思ってきました」

「……そかそか。じゃあ、やっぱり……」

「やっぱり、とは？」

柚月は千影のほうを向き、おもむろに口を開いた。

「コンプレックスがあるんだよね……？」

「っ……ないと言えば、嘘になりますね……」

「そっか……たぶんね、私も同じだから」

「同じ……？」

「千影に共感する部分を感じたから、千影を応援したくなったんだと思う」

再び柚月は目を伏せ、諦めたような笑いを浮かべた。

「天才が近くにいると、どうしても自分が劣っているんじゃないかって気分になって……向こうはそんなことぜんぜん思ってないのに、気にしちゃうよね……」

そのとき千影(ちかげ)は、はっとした。

「それって、まさか――」

「でもね、千影はぜんぜん光莉(ひかり)ちゃんに負けてないと思うの！」

唐突にそう言われ、千影は「え？」と目を見開いた。

「努力の天才って言うの？　ほら、昔から言うじゃん？　――『雨だれ石を穿(うが)つ』って。努力を積み重ねていったら、絶対に大きなことに繋(つな)がると思うし、私はそんな千影を尊敬するし、頑張ってほしいって応援したいんだ！」

千影は「あの、えっと……」と戸惑って、どうしていいかわからない。

「それにね、千影と咲人、すごくお似合いだと思う」

「え？」

「だって、咲人はあじさい祭りのときも千影を助けに来たわけじゃん？　それって、咲人から愛されてる証拠だよ」

——柚月は勘違いをしている。

無論、知らないことによる勘違いだ。

勝敗もなにもなく、すでに咲人と千影、光莉の三人は付き合っている。

けれど千影は柚月の言葉を聞いて、胸に喜びが兆し、少しずつ強固な根が張っていくのを感じた。——いわんや、自信である。

咲人と光莉は、天才同士で相性が良いとはたから見て思っていた。

それに比べて、自分のような凡才は、ただ二人の背中に追いつくのに必死で、咲人に好かれようと行動に移してみたり、光莉を真似て振る舞ったりもしてみた。

そんな自分に対し、咲人は優しく接してくれるし、光莉も背中を押してくれる。

それでも孤軍奮闘の感は拭えなかったのだが、ここにきて、初めて味方ができたような、そういう温かくも心強い気持ちになった。

今ならわかりそうな気もする。

咲人の言った言葉の意味が——道を指し示してくれた、大事な幼馴染と言ったわけが。

千影は思わず口を開いていた。

「あの……中三の夏に……」

「え……？」

柚月は疑問の表情を浮かべたが、すぐに察して「あ……」と苦笑いを浮かべた。

「……告白の件？」

「はい……どうして、柚月は、咲人くんに……今みたいに疎遠になったというか……」

千影が複雑そうな表情を浮かべると、柚月はいっそう苦笑いを強めた。

「ボタンの掛け違いともちょっと違う……掛け違ってたのに気づいて、慌てて直そうとしたら、またべつの穴にボタンを掛けちゃった、みたいな……間違い続けて、そのまま離れ離れになって、次の居場所を見つけるしかなくなったんだと思う」

そのとき千影は「あっ」となったが、喉の奥に言葉が引っかかって出てこない。

「でもね、最初から着ていたシャツが違ったんだって今は思うの。最近の咲人を見てたら、千影と光莉ちゃんと三人でいてピッタリ合ってるって感じで……最初から、咲人は二人に会うためにいたんじゃないかって思うんだ」

「でも、それだと、柚月は——」

急に柚月はニコッと笑ってみせた。

「ありがとう」

「え……？」

「咲人のそばにいてくれて、よく笑う素敵な人に変えてくれて。咲人は……──ほら、私の大事な幼馴染だから」

「違う……！　そうじゃ……それは──」

──まだボタンを掛け違えたままだ。咲人のことを変えたのは柚月のほうだ。

千影はそう訴えようとしたが、

「ってことで、咲人のことをこれからもよろしくね？」

と、最後は笑顔で遮られてしまった。

千影は、柚月の表情を複雑な面持ちで見つめ、彼女の意思を感じ取った。

これ以上はいくらなにを言ったところで変わらない、変えることはできないという諦め。

柚月は掛け違えたボタンを、そっと静かに、このままにしておくつもりなのだろう。

──そんな状態は気持ちが悪い。

けれど、今の千影がなにを言ったところで、咲人の彼女である自分からの同情が、最も柚月を傷つけるとわかってしまった──

《三人で付き合っていることは秘密にすること》

──言えない。絶対に。

ただ、柚月の放った言葉の端々から伝わってきたものがあった。

柚月の言葉の先には咲人がいる。

そして、咲人にとっての幸せを切に願っている。

その相手として相応しいのが、姉の光莉ではなく自分のほうだと思ってくれている。

柚月自身は、とっくに咲人に対するなにかの気持ちを諦めて、それでも私を推そうとしてくれているのだ。

なんだか、嬉しいのと、なんだか、辛いのと、苦しいのと——

複雑な感情が絡み合って、うまく言葉が出てこない。

気づけば柚月に対する怒りが消えていた。

同時に、千影はこういう妄想をしてしまった——

——柚月がしたことが、本当は罰ゲーム告白ではなかったとしたら。

咲人と柚月は今ごろ付き合っていたのではないか、と。

休日に笑顔で腕を組んで町中を歩いている、そんなお似合いのカップルだったのかもしれない、と。

咲人と柚月は、今とは違う『今』を歩んでいたのではないか、と——

「柚月、あの……──っ──……！」

「え……千影⁉　どうしたの⁉」

千影の笑顔が急に歪み、足を引きずった。

「すみません、今になって痛みが……っっ……！」

「痛みって、どうして⁉」

「じつはさっきバレーをしていて、少し挫いてしまいまして……あははは……」

千影の顔を心配そうに柚月が覗き込んだ。

「大丈夫……？」

「ええ……──あっ！　柚月、あれを！」

千影が指差したほうを見ると、丁字路の真ん中に二匹の猫がいるのが見えた。

サバトラと黒猫である。首輪もついているし間違いないだろう。

「ほんとだ……！　でも、千影は──」

「私は平気です。それより、逃げちゃうかもしれないので慎重に行きましょう」

「う、うん……」

二人は緊張しつつも、慎重に近づいていくが──

──ピシャーッ！　……ポツ、ポツ……ザァ────……──

雷の音とともに、小雨が豪雨に変貌した。天気に驚いた二匹は、丁字路をそれぞれべつの方へ逃げていく。

「あっ！　待って！」

「走りましょう！」

二人は慌てて駆け出した。

そうして丁字路に着いてすぐ、柚月は黒猫を追いかけて右へ曲がる。それを確認して、

「分かれましょう！　私はサバトラの子を追いかけますっ！」

千影は左へ曲がった。

また雷がピシャーッと鳴り響き、雨脚が強くなってきた。日の入りも近い。

急がなければならぬという焦り(あせ)──それから、執念に近いなにかが、千影の意識を目の前の猫へ向けさせていた。

（今度こそ……今度こそ絶対に──）

＊＊＊

「どこ行っちゃったんだろ……」

千影がサバトラを追いかけてやってきたのは、妹子山の近くの長い上り坂だった。

住宅地から離れ、木々の生い茂るそばの道を歩いて捜す。

千影はすでにずぶ濡れだった。雨も止む気配がないし、日もだいぶ暮れてきた。挫いた足の痛みもじんじんとする。

さすがに引き返すべきか——そう思ったとき、茂みのあいだからピョンとサバトラが跳ねるのが見えた。

千影は慌てて追いかけるものの、サバトラはスイスイと坂道を上っていく。

「ちょっと待ってよ……！」

坂は緩いが、さすがに長すぎる。走って追いかけているうちに、足がどんどん重たくなっていき、挫いた足の痛みもさらに増していく。

サバトラは、急に道からそれて山の中へ入った。

「あっ……そっちはダメ！」

すっかり見えなくなってしまった。

サバトラが入っていったところまで息を切らしながらやってくると、そこは獣道。闇がぽっかりと口を開けているような暗い道の先を見て、千影は急に心細くなった。

（どうしよう……）

とりあえずみんなに連絡をとスマホを手に取ると──いきなり着信音が鳴った。

「わわっ……！　──なんだ、ひーちゃんか……」

驚きつつも電話に出てみる。

『あ、ちーちゃん、そっちはどう？』

「うん……見つけて追いかけてきたんだけど、山の中に入っていっちゃって……」

『そっかー……。こっちはね、うちと咲人で捕まえて海の家に戻ってきたところ。あと二匹だね』

「良かったー」

ということは、あのサバトラの子と──柚月が黒猫を捕まえに行った。もう捕まえられたのだろうか。

「ひーちゃん、柚月から連絡は？」

『ううん、こっちにはまだ……あれ？　ちーちゃん、柚月ちゃんと一緒じゃないの？』

「うん。途中で分かれちゃったから。柚月は黒猫、私はサバトラを追いかけているの」

『大丈夫そう？』

「うん、大丈夫。こっちのほうはなんとかするから――」

電話を切ったあと、千影は「よし！」と気持ちを奮い立たせた。

（ぜったいにあの子は私が連れ戻すから……！）

そう強く思って、千影は獣道のほうを見つめた。

＊＊＊

海の家『Karen』――先に戻ってきた咲人と光莉は、窓の外の暗い空を見つめた。

「雨、だいぶひどくなってきたね……」

「千影と柚月が心配だな」

すると、奥から真鳥がやってきた。両手に湯気の立っているマグカップを持っている。

「ほい、ココアでいい？」

「ありがとうございます」

雨で身体が冷えていたのでちょうど良かった。

咲人は真鳥からマグカップを受け取ると、片方を光莉の前に置いた。

「光莉、千影と柚月から連絡は？」

「柚月ちゃんからはまだですが――」

――バン！

急に扉が開いたかと思ったら、外からずぶ濡れになった柚月が戻ってきた。

その腕には黒猫を抱えている。

「あ、柚月ちゃん、お疲れ様」

「し……死ぬかと思った……」

柚月はゼーハー言いながら、抱えていた黒猫を真鳥にそっと渡す。

「途中で雷は鳴るし、雨はキツくなってくるしで……なんとか捕まえられたんですけど」

「お疲れお疲れ。……で、千影は？」

「途中で分かれたんですけど……まだ戻ってきてないんですか？」

「うん、まだ……高屋敷(たかやしき)、悪いけど千影に戻ってくるように電話してもらえる？」

咲人は頷(うなず)いて、すぐに千影に電話をかけた。

「――あ、千影？　今どこ？」

『どこでしょう？　山の中ですが……』

「そっか。もう戻って来ていいよ。暗いし、天気も悪いし……」

『いえ、もう少しだけ……』

「いや、山の中は熊も出るから危険だって――」

と、次の瞬間――

「あ……いました！　ちょっと待って、そこは危ないから――きゃあっ！　……――」

千影の叫び声とともに、カチ、カチと硬いものに当たる音がした。

「千影……⁉」

急に叫びながらテーブルから立ち上がる咲人を見て、光莉たちがギョッとする。

「っ……切れた……！――」

――ダメだ、繋がらない。

「咲人、どうしたの……？」

「わからないけど……なにか、千影にあったみたいだ！」

呆然とする三人のそばで、咲人は嫌な予感が的中したと思った。

＊＊＊

「――……あれ？　私、どうして……」

沢べりに寝転がっていた千影は、木々のあいだから降り注ぐ雨と、沢の水が冷たいのを足で感じていた。

辺りはすっかり暗くなっている。灯り(あか)がない。

木々の暗闇の向こうに濃い灰色の雲が見える。間もなく夜の帳(とばり)が下りそうだ。

(そっか……私……あそこから落ちちゃったんだ……)

ぼんやりとした意識の中、自分が少し高いところから滑落したのだと思い出す。

そのとき、胸のあいだでモゾッとなにかが動いた。

「ニャア……」

サバトラの顔を見て、千影は安堵(あんど)した。

「良かった……」

サバトラが背の低い木によじ登った場面を思い出した——

その木というのが、崖から沢を見下ろすように生えていて、サバトラは幹から枝に飛び移ると、ブランブランと柔らかくしなった。

このままだと危険だ。

千影がゆっくりと近づいていく。

すると、急にサバトラはバランスを崩した。枝から崖へと落ちそうになり、前脚で必死にしがみついた。千影は「あっ」となって駆け出した。

（絶対に……守ってみせる！）

無我夢中だった。

サバトラが落ちてきて、千影はなんとかキャッチできたのだが――

が、自分自身は滑落して、頭を打って、どれくらいか気が遠くなっていたらしい。

（――足を滑らせちゃって……でも、この子は無事だったんだね……）

サバトラを無傷のまま助けられたのは良かった。

「……あなたは、どうして逃げないの？」

サバトラは千影の指をペロッと舐めたが、そこから動く気配はなかった。

「そう……一緒にいてくれるんだ……」

「ニャア」

千影は、このままではいけないと歯を食いしばった。

「そうだ、スマホ……」

この暗がりでは捜せそうにない。それに手足も痺れている。それでも、なんとか沢から足を引き出し、近くの木に背中を預けた。雨を避けるためである。

しかし——これ以上はどうにも動けそうにない。挫(くじ)いた足の痛みはひどくなっているし、頭を打ったせいか頭痛もひどい。

スマホが唯一の命綱だとわかっているが、捜す気力が失われていく。

（なんだか眠くなってきた……）

ウトウトとし始めると、足の痛みと後頭部の痛みが少し和らいできた。

「ニャア」

「大丈夫。少し眠れば身体の痺れも回復するかも……そう、少しだけ休めば……あなたは海の家に戻るのよ……——」

そうして千影はサバトラを抱きかかえる手をほどき、目蓋(まぶた)を閉じた。

ほんの一瞬だけ、目蓋の裏に白い子猫が映った——


……

………

…………

木のそばでぐったりと横になっている千影のそばに、真っ白な猫が一匹近づいてきた。

「ニャー、ニャー……」

白猫は千影の額を肉球で押す。

千影はぐったりとしたまま動かないのがわかると、白猫は頭を上げた。

「ニャー」

激しい雨音のあいだを縫って、山間(やまあい)に猫の鳴き声が響き渡った——

第12話　冷たい記憶……？

千影が山中で動けなくなっていたころ、海の家『Karen』では――

「――ここ、私と千影が別れた丁字路！」

店に置いてあった町の地図を見て、柚月が指差した。

「ここから近くの山といったら……妹子山だっ！」

真鳥はすぐに両親に話し、あちこちに電話をかけ始める。大事になり始めると、咲人たちの不安も徐々に大きくなった。

光莉が膝の上で握っている拳に力を入れる。

「まさかとは思うけど、熊に……」

「まだそうとは決まっていないよ、光莉」

咲人は光莉の拳に手を置いたが――

『妹は山に入れるな、という言い伝えがあるのさ――妹は山から戻らぬと言われていてね』

不意に、老婆の語った迷信が思い起こされた。

（そんなはず、あるわけがないじゃないか……）

すると、しくしくと泣く声が聞こえてきた。

「どうしよう、私のせいだ……私が、離れちゃったから……足、挫いてたのに……」

柚月が泣き出すと、真鳥は呆れたように「ふぅー」と息を吐いた。

「なに言ってんだよ。なんであんたのせいになるのさ？　――自分を責めても、なぁんにも変わらないんだぜ？　そもそも自分のせいだとか思うのは自意識過剰なんだよ」

真鳥はそう言ったが、泣きじゃくる柚月の肩を優しく摑んで立ち上がらせた。

そうして咲人に、光莉のことは頼んだ、と目で合図を送って奥のほうへ引っ込んだ。

このとき、すでに咲人の中では覚悟が決まっていた――

「不安かもしれないけど、俺たちにもできることをしよう」

「しようって、どうやって……？」

「千影を助けに行く」

「え……？」

「発見が遅れたらマズい。なんとかして千影を捜し出すんだ」

そう言って、咲人は真剣な顔で光莉を見た。

「考えられる。俺たちならできるよ」

「どうやって……！」

「光莉のその天才の頭脳を貸してほしい。俺たちが体育倉庫に閉じ込められたときのことを思い出して、あのときみたいに」

「でも……」

「光莉、俺たちならできる。前にゲーセンで言ったよね？　──

『俺は、光莉と千影と出逢えて、付き合うことができて嬉しい。どちらか片方なんかじゃなく、二人の喜びを両取りできて、毎日楽しくて、最高の気分なんだ』

──って。誰か一人でも欠けちゃダメなんだ」

咲人がそう言うと、光莉が口を開く。

「ジグソーパズルみたいに……」

「そうだよ。だから、あのときみたいに俺たちで千影を救い出そう！」

咲人は不安で揺れる光莉の目を覗き込んだ。

真剣な咲人の顔を見て、次第に冷静になってきた光莉は、涙目になっていた目元を拭いて、力強く「うん！」と頷いた。

「よし！　光莉、どうすればいい？」

光莉は眉根を寄せて考える。

「えっと……そうだ、パズル！　ピースを……言葉を集めたら閃くかも！」

「わかった。今からできる限り、俺が覚えていることを言っていくから――」

咲人はふと目を瞑る。

目蓋の下で、彼の目は高速に動き出し、一日目の妹子山での出来事を思い出す。

映像をビデオの早戻しのように遡り、ブツブツと呟くように、言語化していく。

妹子山――お婆さん――熊――銃声――悲鳴――海の家――真鳥先輩の叔父――

「ストップ！」

――咲人は目を開けた。

「なにかわかったの？」

「たしか植生の濃い山だよね？　岩場は苔も生えてるって」

「ああ。真鳥先輩の叔父さんもそれで入院した」

「熊じゃないとしたら、転んじゃったのかも。そこから動けなくなってるかも！」

「そっか、だからあのとき——」

千影の悲鳴のあと、カチ、カチと硬いものがぶつかる音がした。

あれは石や岩にスマホがぶつかったときの衝撃音。

連続して聞こえたのは、スマホが跳ねたから、あるいは落ちたから——

「咲人、ほかに思い出せることは？」

再び目を瞑る。

電話の直前——なにか、気になる音が電話の向こうで聞こえた。

（集中しろ……！）

映像ではなく記憶に残された音に集中する。

音が小さい。ボリュームを上げるように、音の調整を図る。

すると、ノイズが酷くなった——雨音である。

山の木々の葉に雨の雫が弾ける音が、耳鳴りのように聞こえる中——

（集中しろ！……これは俺にしかできないことなんだっ！）

グッと歯を食いしばり、頭の中の激しいノイズに耐える。

すると、ゴーとかザーという音がかすかに雨音の奥にあった。

咲人が、かっと目蓋を開くと──

「──……聞こえた！　川だ！　近くに川がある！」

刹那、光莉は「それなら」と言って、テーブルに広がっている地図を見た。妹子山には数本の川が流れている。このうちのどれかだろうと光莉は見比べた。

「──咲人、スマホを貸して」

「どうするんだ？」

光莉は自分のスマホと咲人のスマホを並べ、両手でいっぺんに操作しながら説明する。

「柚月ちゃんの話から、妹子山の川のうち、どこが一番近いかわかったかも。あとは、うちが最後にちーちゃんと電話した時間と、咲人とちーちゃんの電話が切れた時間で、おおよその位置を特定するの！　ちーちゃんのやり方の応用だよ！」

なるほど、そうかと思った。

猫の捜索が始まる前、千影は猫の行動範囲の話をしていたのだが、光莉はそこからヒントを得たようだ。二つの通話時間から山を歩いた距離を割り出し、千影の行動範囲、どこへ向かったのかを絞ろうということなのだろう。

光莉は等高線を見て、頭の中に山の３Ｄ映像を浮かび上がらせる。

等高線同士が広いほど緩やかで、逆に狭いほど急斜面——足を挫いていたのなら、おそらく急斜面は無意識に避けるだろうと推察し——

「約三十分……平均時速４キロなら約２キロ……でも、慣れない山道だし、足を挫いているし、猫を捜して歩いたならもっと遅い——」

光莉はおおよその捜索エリアを絞り終えると、マーカーで丸をつけた。写真を撮り、地図アプリにも同じようにエリアを登録し、咲人に共有する。

咲人はそれを見て瞬時に脳に焼きつけた。

「あとは、行ってみないとわからないよ！」

「さすがだ、光莉。——あとは……俺が千影を迎えに行ってくる」

「うちは⁉　うちも行かなきゃっ！」

「いいや、光莉はここにいて。状況を真鳥先輩たちに伝えてほしい——」

咲人は雨の中、一人、懐中電灯を片手に走り出した。

（千影、無事でいてくれ……俺が必ず助けに行くから！）

＊＊＊

——して。

宇佐見(うさみ)姉妹がまだ小学校の時分である——

「マシロー」

千影が名前を呼ぶと、前脚を立てて座った白い子猫が「ニャー」と返事をする。千影は「ほらね」と得意げな顔をした。

けれど、それは姉の光莉から見れば珍しい顔だった。

優しくて、引っ込み思案で、気の弱い性格の千影が、なにやら姉に自慢ができる得意なものを見つけたようだ。光莉はこっそりと微笑(ほほえ)んだ。妹が前向きに変わることは、姉にとっては嬉しかったのである。

「ほら、ひーちゃん、言ったとおりでしょ？　名前を呼んだら返事してくれるんだよ」

「へ～、ちーちゃんだけなのかな？」

「ひーちゃんもやってみて？」

「じゃあ……マシロ？」

マシロは光莉をジーッと見つめているが返事はない。

「あれ？　やっぱりちーちゃんだけみたいだね」

「そうなのマシロ？」

「ニャー」

マシロは千影（ちかげ）に近づくと、前脚の肉球で、千影の腿（もも）のあたりをフニフニと踏んだ。

不思議なもので、双子で見た目は一緒。それなのに、こうしてマシロは千影の声にだけ反応を示す。

マシロが家にやってきてから三ヶ月——最初はやせっぽっちだった身体（からだ）が、千影の献身的な世話によって、すっかり大きくなった。獣医師からも「体重が増えて健康的に育ってますね」と言われていた。

「うちにもお返事してよ～？」

「………」

光莉は、あははと苦笑いを浮かべた。自分も少しは貢献しているのだが、と。

「やっぱりちーちゃんのことが好きみたい。良かったね、ちーちゃん」

「うん！」

「ニャー」

もちろんマシロが光莉を嫌っている様子はない。光莉と遊んでいるときも楽しそうにしている。ただ、こうしてマシロに話しかけると自分にだけ反応を示すのだ。

千影にとって、そこだけは唯一光莉に自慢できることだった。

マシロと心が通じ合っているようで嬉しかったし、自信がつき、心が満たされていくのを感じる。

自分より弱い子、自分が守ってあげなくちゃ、大事な大事なお友達なのだから——

けれどこのときの千影は、出会いがあれば別れもあり、大事にすればするほど、後の別れが辛くなることを知らなかった。

そうして秋彼岸が近づいたころのことである。

残暑がやわらいできたその日、千影は母と一階にいた。光莉はどこかへふらっと遊びに出ていて、千影は母の夕飯の支度を手伝っていた。

マシロは千影の部屋に残しておいた。

最近では人間の料理に興味を持っているようで、クンクンと匂いを嗅いだり、食べようとしたりするためだった。

そうして支度が終わったのち、千影が部屋に戻ると、

「あれ？」

マシロがいなかった。

どこだろうと部屋中を捜してみたがいない。

そのときふと、千影は窓を見た。網戸が開いていた。閉めていたはずなのに——

「え……？」

猫が一匹通れそうなその網戸の隙間を見て、マシロがどこに消えたのかを想像し、千影は真っ青になった。

大慌てで窓の外を見ると、屋根の上に白い身体がうずくまっていた。

「マシロ！」

思わず大きな声を出すと、マシロはビクッとなって、屋根伝いに庭へ下りてしまった。

千影は玄関から裸足(はだし)で飛び出た。マシロの白い身体を捜して走り回ると、家から出たところで走っていく後ろ姿を見つけた。

「待って！　マシロ！」

千影は追いかけた。

しかし、子猫とはいえ脚は速く、あっという間に引き離された。

「お願い、待って！」

どうして逃げていくのだろう。

いつも、名前を呼んだら「ニャー」と返事をしてくれていたのに、どうして、どうして

――幼い千影にはわからなかったが、猫にも好奇心というものがある。室内の生活では刺激が足りず、外からの音などに興味をそそられて出てしまうことがあるのだ。

そのうち、車通りの多いところに出てしまった。

マシロの姿は、すっかり見えなくなった――

＊＊＊

「――マシロ……どうして……」

千影が目覚めると、涙が溢れていた。

今のは夢――過去の記憶が蘇ったのか。ここに来てから猫をたくさん目にし、それくらいの夢は見ても仕方ないのかもしれない。

ただ、過去の記憶は過去の喪失感も呼び起こす――

（マシロは、私のことが嫌になっちゃったのかな……）

守りすぎた、構いすぎた――そうした過保護に嫌気が差して、自ら網戸を開けて出てい

ったのかもしれないと思うと、今更ながら、心が小さくしぼんでいく。

あのときは相当ショックを受けた。それがきっかけで、猫を見るたびにマシロを思い出し、身体がこわばってしまうようになった。

苦手と言うより恐怖に近いものかもしれない。そんな心の弱さをなんとかしようと、目標に向かってひたすらに努力するようになった。目標とは、光莉のことである。

天才の姉には、逆立ちしたって敵(かな)わないことは十二分も承知の上で、勉強や、姉の苦手なことに打ち込んだ。

両親に頼み込んで、中一から近所の進学塾への入塾を希望したのもそのためである。偏差値の高い学校に進むためではなく、自分の心を徹底的に鍛え抜きたかった。

もっと、ちゃんとした自分になりたい……いや、なる。

かつては、自分で行動を決定しても、迷ったり、うじうじ悩んだりしていたが、もう迷わない。

強い自分になる。二度と、大事なものを失わないようにするために――

その努力の甲斐(かい)があって、今の宇佐見千影が誕生した。

けれど、過去に置き去りにしてきたはずの、気弱で、自信がない、そんな小さな自分は、いつまでも心の中で膝を抱えていた。

この先、自分にとって、自分以上に大事なものは現れるのだろうか。

そんなのは一部だけ——自分の一番の理解者である光莉と、両親と、数人の友達さえいてくれたらそれでいい。

そう思い込んでいた中三の夏——塾で、高屋敷咲人と出逢った。

彼の、人を思いやる心は本物だった。

天才なのに、上からではなく、独善的でもなく、控えめで、ささやかな優しさをそっと行動に移せる人——そんな人のことを好きになった。

（咲人くんか……）

千影は、暗闇の中に咲人のはにかむ笑顔を思い浮かべた。

もし、咲人がマシロの世話をしていたら、きっとマシロは逃げ出さなかっただろう。そう思うと、心の内の小さな自分が顔を覗かせて、ひどく情けなくなる。

（私、ちゃんとした自分になるって決めたのに、やっぱり助けられてばっかり……）

けっきょく、今も失敗して一人ぼっち。

寒い、寂しい——誰か来てほしいと待ち望んで、昔からなにも変わっていない。

「ニャア」

「……ごめんなさい。あなたがいてくれたわね……」

腹に抱えたサバトラにそっと話しかけると、

（私が、なんとかしなくちゃ！　この子を助けて、もう一度咲人くんやひーちゃんに会わなくちゃ……！）

千影はもう一度、心が弱くなりかけた自分を奮い立たせた。

ところが、足首の痛みがひどくなっていた。サバトラを胸に抱え、木を頼りに立ち上がろうとしたが、思わず「うっ……」と顔をしかめる。

（ダメだ、もう少し休まないと……）

再びへたり込んだ千影はサバトラの頭を撫でた。

「大丈夫、あなたのことは守り抜くから」

そのとき——

ガサッ、ガサガサ……——

近くで、茂みが揺れる音がした。

一瞬、熊を想像した。今襲われたらひとたまりもない。

千影はサバトラを守るように両腕で抱え、身を小さくした。

——と。

戦々恐々とする千影の目に、一匹の白猫の姿が映った。

（あの子って、海の家にいた——）

そのとき、千影は強烈な既視感に襲われたようになり、身震いした。

海の家にいた白猫——しかし、その歩き方、姿、顔立ちが、今更になってマシロに似ていることに気づいたためだった。

千影は喉の奥が熱くなり、声が出しづらいのを感じつつ、なんとか語りかける。

「もしかして……マシロ？」

「ニャー」

その返事を聞いた瞬間、グッと目頭と喉の奥が熱くなり、声が出なくなった。

「そっか……あなただったのね……」

白猫はゆっくりと千影に歩み寄ってきた。すると、前脚の肉球で、千影の腿のあたりをフニフニと踏んだ。昔の癖は、今もまだ残っていたようだ。

「ニャー」

「大きくなったね、マシロ……ごめんね、気づいてあげられなくて……」

千影は握手をするように、マシロの前脚をとった。

途端にあたり一面が真っ白な光に包まれたと思ったら、キラキラとした光の結晶が、辺りの暗闇を照らす。

知っている光だった。懐中電灯の灯(あか)りである。

眩(まぶ)しくて目を瞬(しばたた)かせると、咲人が苦笑いを浮かべていた。

「俺でごめんね……あと、遅くなってしまって……」

「あ……」

さっき千影(ちかげ)はマシロの手を握ったと思った。けれどそれは、咲人の指先だったようだ。

「そっか……」

千影はまた妄想していたのだと思って、苦笑いを浮かべた。

「どうしたの？」

千影は、にっこりと笑顔を浮かべた――

「いえ……助けに来てくれて、ありがとうございます」

そのはずが、じんわりと涙が溢れてしまった。

＊　＊　＊

「あの、聞いてくれますか、私の話……」

山道で、咲人が千影をおぶって歩いていると、千影がそっと口を開いた。

「なに？」

「じつは……――」

千影は、先ほどの妄想を語り始めた。

大きくなったマシロが目の前に現れたのだという話を、咲人は静かに聞いていた。

「……マシロがいなくなってから、私は人を守れる人になりたかったんです」

「ヒーローみたいな？」

「それほどだいそれたものではなく、そうですね……心が強くて、優しくて、自信がある人になりたかったんだと思います」

千影はふっと残念そうにため息を吐いた。

「でも、やっぱりダメみたいです」

「どうして？」

「今もおんぶに抱っこで……咲人くんやひーちゃんがいないとダメなんです、私……守られてばかりで、ダメですね……」

そんなことはないと咲人が伝えようとすると、

「こんな感じだから、マシロは私が嫌になって逃げてしまったのかもしれません。マシロが助けに来てくれたのだと錯覚して、あんな妄想まで……」

　と、千影は自嘲するように言った。

　咲人は静かに口を開いた。

「それはどうかな？」

「え？」

「千影はダメダメなんかじゃないよ。――ね？」

　咲人がTシャツの襟首から顔を出していたサバトラに話しかけると、同意するように
「ニャア」と鳴いた。

「ほら、この子も言ってるよ。現にこの子は千影のおかげで助かったわけだし、この子だけじゃなく、千影に助けられた人は多いと思う。今回の海の家の手伝いもそうだけど、普段から光莉も俺も千影に助けられてばかりだよ」

「そうですか……？」

　咲人は明るい声で「うん」と言った。

　が、すぐに咲人はぼんやりとした表情になって、はてな、と思った。

「あのさ、どうして俺が千影を見つけられたかなんだけど……」

「ひーちゃんが位置を絞ったんですよね？」

「それもあるけど……正確な場所がわかったのは、猫の鳴き声がしたからだったんだ」

　咲人はサバトラを見た。

「この子の鳴き声……あのときの声じゃなかった」

「え……？」

「つまり、あそこにはもう一匹猫がいた。俺は呼ばれた気がして向かったんだ。そしたら千影がいたんだ——」

　あのとき千影は「マシロ」と呟いていたが、あながちそれは妄想だとも言い切れない。

　咲人はふっと笑みを浮かべた。

「やっぱり、マシロが助けてくれたのかもね？」

「っ……」

　山の出口に近づいてきた。赤い光がいくつもクルクルと回っている。パトカーや救急車が到着しているのだろう。

　合流する前に、咲人はもう一度静かに口を開く。

「俺は、マシロの気持ちが……わかるかもしれない」

「マシロの気持ち……？」

　咲人は老婆の言葉を思い出しながら言った。

「この町の俗説だけど、人間の中で長く暮らした猫は人間と同じ感情を持つんだって。それって逆に言えば、猫の気持ちを人間がわからなければならないって訓戒だと思う」

咲人は「だから」と続けた。

「……マシロは、千影が嫌になって出ていったわけではないと俺は思うんだ」

咲人は、それこそ馬鹿げた妄想だと思ったが、昨夜見た夢を思い出しながら言った。

「きっと、早く大人になって、花畑を自由に駆け回りたいと思ったんじゃないかな？」

「っ……⁉」

不意に千影は、マシロを猫用のキャリーケースに入れて、光莉と花畑に行ったときのことを思い出した。

咲人の首のあたりをギュッと抱きしめた。

胸が張り裂けそうな痛みを押し殺すように言った。

「……私が、狭いところに閉じ込めちゃったから……」

咲人は微笑を浮かべた。

「ううん……単純に、そこで千影と一緒に遊びたかったんだと思う」

「え……？」

「子猫のまま、守られたままではいけないって、独り立ちしたかったんじゃないかって」

そう言いながら、それは柚月との関係にも似ていることに、咲人は気づいた。

「千影がマシロに手を差し伸べたように、柚月が俺に手を差し伸べてくれた」

柚月の小さな手は、空から下りてきた細い蜘蛛の糸だったのかもしれない。

けれど、咲人の中では、いまだにあれは救いの手だったようにも思っている。あの手を取らなかったら、今の高屋敷咲人はなかったのだから――

「守られてばかりはダメだ、今のままではいけない……だから変わりたいと思った。マシロの気持ちがわかるのは、俺もマシロも同じだから。大事な人と対等になるには自分が変わるしかないと思ったんだ。俺の場合は、誰かを守れるヒーローだったけど……」

そして蜘蛛の糸は切れた。

けれど、真っ逆さまに落ちたと思ったら、なりたかったヒーローでも、元のロボットでもなく、本来なりたかった「ふつうの人間」になっていた――そう考えると、あのますくい上げられなくて正解だったのだと、今振り返ってみてそう思う。

なによりも「今」がある。

千影と光莉との、少し普通ではない騒がしくて楽しい毎日が、新たな居場所が――

「……マシロは、ちゃんと次の居場所を見つけられたんじゃないかな？　そこで幸せに暮らしているって、そう思ってあげたほうがいいと思う。大人になったマシロも、そのほうが嬉しいんじゃないかな？」

「どうして……」

咲人は微笑んだ。

「俺がマシロなら……千影のことを、きっと今でも大事な存在だと思っているから」

そのとき千影は、ふと柚月の言葉を思い出した――

『ボタンの掛け違いともちょっと違う……掛け違ってたのに気づいて、慌てて直そうとしたら、またべつの穴にボタンを掛けちゃった、みたいな……間違い続けて、そのまま離れ離れになって、次の居場所を見つけるしかなくなったんだと思う』

――次の居場所、という言葉が重なった。

咲人と柚月は同じことを考えている。

二人は離れ離れでも、おそらく心が通じ合っているのだろう。

（私とマシロも……きっとそういう関係だったんだ……）

マシロがいなくなったことはショックだった。

けれど、その過去にずっと縛られたまま過ごしていたら、マシロだって心苦しいのかもしれない。さっき見たマシロは妄想かもしれないが……そのことを私に伝えに来てくれたのかもしれないとも千影は思った。

私の声に「ニャア」と返事をしてくれたマシロ。私の太腿をフニフニと肉球で踏んだり、膝の上に乗ってきて心地よさそうに眠ったり、撫でるとゴロゴロと喉を鳴らしたり――マシロは私のことを愛してくれていた。

そうだ、私はマシロにいっぱいいろんなものをもらったのだ。

気弱で心配性なところは変わっていないのかもしれないが、あのころよりは「出過ぎた杭は打たれない」を信条にするほどに自信がついたのだろう。

千影は、そのことを咲人から教えられた気がした。

(私は、前に進む……進まなくちゃ！)

私も次の居場所を見つけられた。素敵な居場所だ。

今、ここ、大好きな咲人の腕の中だ。

そして光莉がそばにいてくれる。私のことをいつも気にかけてくれる姉がそばに。

だから――

「私は、どんなことがあろうと……これからも咲人くんと、ひーちゃんと、ずっと三人で一緒にいたいです……」

少しだけ、贅沢な望みを言ってみた。

「ここ以上に素敵な居場所は、私にはありません。離れたくない……この居心地の良さに、次の居場所なんて考えられないんです……これって、いけないことでしょうか？　咲人くんやひーちゃんに、重いって思われますか？　私のこと、嫌になりますか……？」

自信なく訊ねると、咲人は笑みを浮かべた。

「いけなくはないよ。というより、俺も今、まったく同じことを考えてた。俺もけっこう重いタイプなのかもね？」

千影の胸が大きく高鳴った。

すると、胸の内に溜まっていたモヤモヤや暗い感情が、すっとどこかへ消えていくような気がして、心が軽くなっていった。

ああ、自分はなんて幸せ者なんだろう――

一人、噛みしめるように、千影は咲人の腕を抱き寄せて、幸せそうに目を閉じた。

最終話　そばにいてくれる……？

「昨日はお騒がせしました」

旅行三日目の昼過ぎ、海の家『Karen』にやってくるなり、足に包帯を巻いた千影は、真鳥と柚月に頭を下げた。

昨日の大騒動は、地元の人たちを巻き込んだということもあって、律儀な千影は、町のあちこち、関係した人に頭を下げて回っていた。

千影はこのあとも何軒か寄りたいとのこと。咲人と光莉も、無論そのつもりで一緒に行動をともにしていたが、内心はヒヤヒヤしていた。

軽傷で済んだとはいえ、怪我をしている。

だから、こうして律儀に回ることもないのに──そう思いながらも、千影はこういうことはしっかりしておかないといけないと、大人しく寝ているようなタマではなかった。

「いいっていいって、無事ならそれで」

真鳥はそう言ってニカッと笑った。

「しっかし、たんこぶができて、血が少し出たくらいで良かったね？　ほら、打ちどころが悪かったらさ……」

千影は苦笑いを浮かべた。

「柚月も昨日は——」

千影が言いかけたところで、柚月が涙目で抱きついた。

「千影っ！」

「あははは、もう大丈夫だから……」

「ごめんね、私が……」

「それは昨日も伝えたでしょ？　自分を責めたら、私まで苦しいよ……」

——じつは、昨日柚月は真鳥と一緒に病院に訪れていた。

怪我の具合、検査結果は伝えたのだが、柚月はおいおいと泣いて、最後は真鳥に肩を抱かれるかたちで帰っていったのだった。

「だから、無事で良かったって、喜んでもらえれば……ううん、私のほうこそ心配かけちゃって、本当にごめんね？」

咲人は、抱き合う二人を少し離れて見ていたら、光莉がそっと隣から話しかけてきた。

「柚月ちゃん、なんだか昔のちーちゃんみたい……」

「え……？」

「自分のせいじゃないのに自分のせいにして、怒りとか悲しみを、そうやって自分に向けることしかできない感じがして……」

　昨日、咲人は光莉から聞いて知っていた──

『──名前は『マシロ』って言ってね、ちーちゃんが名前を付けたんだけど、飼い始めて三ヶ月くらい経ったころかな……ちーちゃんの部屋から脱走して、そのままいなくなっちゃって……』

『……そっか』

『ちーちゃんは自分のせいだって責めたけど、うちはそうじゃないと思うんだ……。もちろん、飼い主が責任をっていう気持ちはわかるけど……』

　光莉は視線を落とした。

『うちもね、その場にいたらなんとかできたんじゃないかって……ちーちゃんに重荷を押しつけちゃったみたいで、なんだか、苦しくて……』

　光莉はそっと咲人の手を握った。いつものような恋人の感じではなく、心の拠り所を求めるような、そういう握り方だった。

『ちーちゃんね、それから今みたいな、硬くて冷たい感じになったんだ。考えすぎかもしれないけど、ちーちゃんが人付き合いが不器用なのは、マシロがいなくなった寂しさのせいなんじゃないかなって思うんだ』

そこで光莉は笑みを浮かべた。

『でも、咲人と出逢って、すごく柔らかくなって、今みたいに温かい感じに変わったんだ。だからうちは、咲人にすごく感謝してるんだ。ちーちゃんのこと、ありがとう、咲人。ついでにうちのことも、これからもよろしくね？——』

——たぶん、感謝されるようなことはなにもしていない。

逆に、感謝を伝えるのはこちらのほうなのだといつも思う。

改めて、よしよしと柚月の頭を撫でている、優しい笑顔の千影を見つめる。慈しむようなその表情は、咲人の目には、いつも以上に大人っぽく見えた。

「ねえ、咲人」

「なに？」

「あの二人、いつの間に仲良くなったのかな？　ちーちゃんが敬語じゃなくなってるし」

「さぁ……」

これには咲人としても予想外で少し驚いていたが、案外あの二人は気が合うのかもしれないと思いつつも、若干複雑な気分ではあった。

嬉しいことは嬉しいのだが、この気持ちをどう表現したらいいのだろうか――

思い当たらないが、なんだか気恥ずかしさを感じる。

「あれあれ？　いいのかな？　咲人に対しては敬語のままだよ？　柚月ちゃんに一歩先をいかれたんじゃない？」

「なんだって……!?」

ニヤニヤしている光莉と、困ったような顔の咲人。二人は、少しずついつも通りのノリを取り戻していく。

そうしているうちに、千影が「あれ？」と『Karen』の入り口を見た。

「一匹足りない……」

そう口に出したので、咲人たちも入り口のほうを見た。

戸惑いながら、真鳥が口を開く。

「え？　全員いるけど？」

「でも、白い子が……」

全員が戸惑う。

「白い子は最初から見てないよ……？」

柚月が戸惑いながら口を開くと、真鳥もうんと頷いた。

「茶トラ、サバトラ、三毛、黒……あそこにいつもいるのはあの四匹だけだぜ？」

「え？　でも……——咲人くん、一昨日来たときに白い子がいましたよね？」

咲人は目を瞑り、一昨日からの記憶を遡ってみた。ついでに『Karen』の店内にあるチェキ——その中に白猫が写っているか思い出そうとするが——

「……いや、いなかったな。——光莉は覚えてる？」

「ううん、うちも白い子は見てないかな？　そもそもうち、この町に来てから一度も白い子は見てないよ？」

「そう……」

千影は腑に落ちない顔をした。

「それでは、いつもの私の妄想かも……すみません、またお騒がせしてしまって」

千影が苦笑いを浮かべると、真鳥が「なんだよー」と笑いながら話す。

（白い子か……）

咲人がもう一度思い出そうとすると——

「なんだか賑やかだね～」

忽然と消える老婆が突然現れ、光莉と千影がギョッとした。咲人は昨日も会っていたので、それほど驚かずに訊ねた。

「お婆さん……なんでここに？」

「なんでって、ヘルプだよ、ヘルプ」

「ヘルプ……？」

「なにせそこの海の家はあたしがオーナーだからねぇ」

「「えぇっ⁉」」

咲人と双子姉妹は心底驚いた。

「店長はあたしの孫だけど——ほれ、そこの看板に名前が書いてある。『Karen』というのはあたしの名前だよ。高坂華恋、あたしの名前さ。ハイカラだろ？」

「「えぇ——っ⁉」」

「ちなみに看板に使われているサーフボードはあたしの。ハワイに住んでいたこともあってねぇ、あんときは毎日波乗りをしていたが、最近は週イチが限界さ。歳はとりたくないもんだねぇ……」

「「…………」」

咲人たちは開いた口が塞がらなかった。

ジョークにしては出来すぎている――が、それよりもまず、とあることに気づいた衝撃が大きかった。

「あの……高坂さんって、まさか――」

ツー・トーンくらい明るい声がしたと思ったら、真鳥が華恋婆さんに駆け寄っていって

「おばあちゃ――んっ♪」

「イエーイ！」とハイタッチした。

「ヘルプに来てくれたんだ～⁉」

「今日は忙しいと思ってねぇ。それに、ひ孫を可愛がるのは老人の特権だよ」

「嬉しい！　ありがとう、おばあちゃん♪」

真鳥のキャラ崩壊もさることながら、疾風怒濤の真実の羅列に、咲人たちはただただ呆れるばかりだった。

（でも、なるほど……どこか、誰かに似てるなぁと思っていたら……）

そこで咲人はべつの疑問があったことを思い出した。

「どうして千影の名前と妹だと、あと光莉の名前と、二人の苗字がわかったんですか？」

「ひ孫の通っている学校の情報は常にキャッチしているんだよ。ほれ――」

華恋婆さんは自分のスマホでYouTubeを立ち上げたのだが、表示されているのは、有栖山学院放送部の【アリガクCh】。きちんとチャンネル登録も済ませてある。

「なるほど……夏休み直前スペシャル・双子入れ替わりドッキリ回か……」

「その通りさ」

そういうことか、と咲人は大きなため息を吐いた。

「そうだ、あんたはもう選んだのかい？」

「選ぶって、なにをです？」

華恋婆さんは声を潜めた。

「双子姉妹の、どっちにするかさ……」

「どっちだなんて……俺は――」

――どっちも好きだし、選ぶことなんてできない。なんなら二人ともすでに彼女だ。

そのことは真鳥がいるこの場で口が裂けても言えないが――

「伝説なんて、俺たち三人で打ち崩しました」

「……そうか、そうか」

華恋婆さんはふっと笑ったが、真鳥だけはなんのことかわからずに、満足そうに微笑む華恋婆さんを不思議そうな顔で見つめた。

「そうだ。お婆さんに訊ねたいことがあったんです」

「なんだい？」

「妹子山で突然消えた件……手品じゃないとしたら、アレってどうやったんですか？」

「それは……秘密さ。レディは秘密が多いのさ」

「イヤン！　カレンちゃん可愛いぃ～♡」

真鳥を見てつくづくイラッとさせるひ孫だなと思いつつ、なんとか苛立ちを抑えた咲人は、次の質問をした。

「それじゃあ……双子子町の伝説の猫って、どんな柄だったんですか？　ついでなので、伝説に出てきた双子の生まれた家も知ってたら教えてください」

華恋婆さんは「ふむ」と頷いた。

「白猫さ。双子の家は――ほれ、ベンチがあった、あの呉服屋だよ」

そのとき――

（え……!?）

急激な違和感に襲われ、咲人はこめかみの辺りを押さえた。

（おかしい……どうして……こんなことは今までになかったのに……！）

咲人は華恋婆さんに「ありがとうございました」とようやく言ったが顔は蒼白だった。

＊＊＊

華恋婆さんがドリンクを奢ってくれることになったのだが、咲人は浜辺に残っていた。

この三日間の記憶が繋がっていくと、一つ大きな記憶のほころびがあることに気づいた。

白猫である。

呉服屋、別荘の寝室、姉子島——何度か目撃したし触れたりもした。

しかし、いくら記憶を遡ってみても、あの白猫の姿がないのだ。

最初に出会ったのは呉服屋——

ベンチに腰掛けて撫でていたはずなのに、そのときの記憶に白猫の姿がない。最初から

そこになにもなく、ただなにもない空間を撫でている記憶しか見当たらなかった。

二度目は別荘の寝室——

その直前、花畑の夢を見たが、あれは……いや、今はそれはいいとして。

三度目は姉子島——

白猫を目撃し、案内された祠を整え、手を合わせた。

それなのに、やはり——三度も会ったはずの白猫の姿が、忽然と記憶から消えた。その声すらも今は思い出せない。

それとも、もともと記憶になかったのか？　記憶違いを起こしたのか？　いったい、自分はなにを見聞きしていたのだろうか？

そんな奇妙な感覚に陥りながらも、さっきの千影の言葉を思い出す——

『でも、白い子が……』

——いや、しかし……そんなことがあるだろうか。

おかしな考えに取り憑かれたように、咲人は海の家『Karen』を向き、横に動いた。

そこで猫は、自分が拾われたときの浜辺へと戻ってきた——

そうして、真鳥が守り神と言った、あの猫たちが固まっている台座の直線上に、ちょうど妹子山の三角形の中心が来るようにした。

そこがピタリと重なると、山の木々のあいだからあの朱色の鳥居が見えた。

ちょうどそこは、山と海のあいだにあり、山の神と海の神が見つめる場所だった――

一八〇度振り返ってみる。やはり――その先には姉子島の三角形の中心がある。

そして、やはり島の木々のあいだから、朱色の鳥居が見えた。

そして、その山と海の直線上に、自分たちの寝泊まりしていた別荘もある。

これは偶然だろうか。

もはや妄想と呼べるものかもしれないが、断片的な記憶同士が次々に結合し、想像と疑問がどんどん膨らんでいくと、妄想に取り憑かれてしまったようになる。

どうして――

山の神と海の神は、どうして猫を小石に変えるという条件を出したのだろうか?

残酷な結末を迎える昔話は多いし、動物がなにかに変わる物語も多いが、それにしても、どうして小石に? 砂浜に埋もれてしまったら見つかりはしないだろうに。

石になった猫に気づかず、浜辺をウロウロと泣きながら捜した――

悲しい結末を残したのは、本当に、「二兎を追う者は一兎をも得ず」という戒めを後世に残したかっただけなのだろうか。

ずっと頭の片隅で疑問に思っていた。

むしろ、そうであってほしくないという希望を胸に宿していた。

なぜなら、自分の置かれている状況が、老婆の語った白猫に似ているから。

しかし、千影の言葉が希望を見出すきっかけになるのかもしれない。

咲人はスマホを取り出し、地図アプリを立ち上げた。双子子町を航空写真にして拡大し、拡大し——「あっ」と声に出した。

青空を見上げて、なぜか、してやられたと思った。

過去に伝説をつくった人間が仕掛けたなぞなぞか、あるいは偉大なる神々のいたずらか。

咲人の手からスマホが零れ落ち、白い砂浜で上向きになった。

ディスプレイに表示されていたのは、双子子町を遥か上空から捉えた画像。真上から見ると、まったく同じ大きさの丸い山が二つ——姉子島と妹子山である。

そしてその中心には『こいし浜』があるのだが、白い砂浜の面積はそれらの島や山と同じくらいの大きさだ。どうして今まで気づかなかったのか——

白い砂浜の形が、無邪気に飛び跳ねた、長い尻尾の白猫の姿だった。

猫たちがいる海の家の台座は、ちょうど心臓の部分にあたる。

つまり、自分たちは、最初から巨大な白猫の胸に抱(いだ)かれていた。

伝説自体が誤って伝わっていたとしたら、本来はこうなるのではないか――

猫は小石に変えられた。しかしそれは神から見ての大きさであって、人間が思うサイズの小石ではない。この砂浜、砂と小石すべてが、白猫を象(かたど)っていた。

そうであるならば、ただの人間が並び立つには小さすぎる。

双子姉妹は、白猫と並び立つために、自ら海と山へ向かった。

この土地で、三人で、いつまでも幸せに暮らせるようにと。

双子姉妹が白猫を見つめるかたちで――

（俺が見たあの白猫は、この町の伝説の……そして千影が見た白猫はマシロが大きくなった姿で……いや、でも……――）

咲人は思考をぐるぐると巡らせたが、千影がこの浜辺で見たという白猫と、千影が妹子山で見たというマシロと、自分が三度会った白猫――この双子子町の伝説とマシロを結びつけることは、ついにできなかった。

ただ、一つ思うことは――

（俺たちは、最初からこの町に来ることが運命づけられていたのかもしれないな……）

咲人が苦笑いを浮かべると、一瞬、どこからともなく「ニャー」と猫の声が聞こえた気がした。

「――咲人くん、どうしました？」

千影(ちかげ)が呼びにやってきて、咲人の妄想は中断された。

「おかしいな……」

「……？　なにがです？」

「妄想は千影の専売特許だと思ってたんだけど……」

「っ……！　咲人くんまで、もう！　私はエッチな妄想なんてしてません！」

なんでエッチだと決めつけたのだろうと、咲人は思わず笑ってしまった。

「ところで、その子……」

千影が一匹の子猫を抱えていた。

まだ生まれたばかりの、青い目のシャムトラだった。

「この子は、さっき裏手で見つけまして。今度柚月の家に遊びに行かないと親がいないみたいなので、柚月が向こうに連れて帰るそうです。

——と、シャムトラの首筋を撫でながら、笑みを浮かべる千影。

その顔を見て、咲人は心の底からほっとした笑顔を浮かべたが——

「昨日のことですが……咲人くんが言っていたように、やっぱり私はあの山の中でマシロと会ったんです」

千影は気まずそうに笑い、シャムトラを慈しむように見た。

「私の妄想かもしれませんが、あのとき大人になったマシロが私を助けに来てくれたんじゃないかって……そう思いたいんです」

咲人は「そっか」と笑みを浮かべた。

「俺も千影と話して思ったんだ。ダメダメなのは俺のほうだ。いつも千影や光莉に助けられてばかりだし」

「いえ、そんなことは……」

「本当にそう思ってるんだ。千影のおかげで俺は毎日楽しいし、いろんな刺激をもらえるし……ほんと、感謝しかないよ。頑張り屋なところも尊敬してる。だから、その……俺は、これからもずっと千影といて、千影を見倣っていきたいと思うんだけど……」

急激にカーッと顔が熱くなってしまった千影は、歓喜のあまり妄想モードに入りそうになったが、ブルブルと首を横に振って、

「もちろんです！　私、これからも頑張りますねっ！　咲人くんのおそばに、ずっとずーっと一緒にいさせてください！」

と早口に言って、満面の笑みを浮かべた。

＊　＊　＊

「第一回ポッキー無し、ゲーム──っ！」

「わ──い♪」

「あの……せめてポッキー有りでやらない……？」

帰りの電車の中、双子姉妹が妙に盛り上がっている中、咲人は疲れた顔をしていた。

同時に安堵もしていた。なんだか、いつもの三人のノリである。

「なんとなんと〜、このゲームの趣旨はねぇ、キスすること！」

「あ、うん……なんかそうじゃないかって薄々勘づいていたよ……」

どうして光莉はわかりきったことを丁寧に説明したのだろう。

「でも、失敗しちゃったらどうしよう……」

「あ、うん……たぶん大丈夫じゃないかな？　最短ルートで、唇同士がくっついたあたりからスタートするから……」

なぜ千影が不安そうな顔を浮かべるのか意味がわからない。

「というか、それだとただキスして終わるゲームになっちゃうからさ……そもそもゲーム形式にする意味があるのかどうか甚だ疑問でしかないんだけど？」

「じゃ、まずはうちから——」

「ちょっ……！　光莉——」

一回戦終了。キスの直前、咲人が照れてしまったので、光莉に軍配が上がった。

「二回戦目は私ですね？　ちゅー……——」

二回戦目終了。今回はお互いに照れてしまったのでドロー。

「って、なにこのゲーム⁉」

「じゃ、三回戦目はうちとちーちゃんだね？」

「ううっ……それだけは避けたかったけど……」

「じゃあ無理しなくていいんだよ、千影……。あと光莉、俺の話を聞こうか？」

咲人を挟んで、双子姉妹がお互いに肩に手を置いた。可愛い（かわい）と可愛いが目の前で真っ赤になっている様を、可愛いなと思いながら咲人は眺める。

「じゃあ、行くよ、ちーちゃん……」

「うん……。来て、ひーちゃん……」

ドキドキ……ドキドキ……──

「──はいストップ！」

咲人は双子姉妹の顔と顔のあいだに右手を挟み込んだ。

「「えっ⁉」」

「いや、俺のほうが驚きだから……。二人とも、なんで俺とするときより照れているか教えてくれる？」

「だって……」

「初めてですから……」

真っ赤になった双子姉妹を見つめながら、咲人は大きくため息を吐いた。

──して。

二泊三日の旅行は、三人にとって今までにないドキドキとワクワク、ハラハラなものとして一生忘れられないものとなった。

猫が苦手だった千影は、猫が苦手なのを克服し、草薙柚月という友を得た。

ある意味で、今回は千影が両取りした結末で終わった。

固い絆で結ばれた三人の行く末は——ここではまだ語るまい。

それに、夏はまだ始まったばかり。楽しい時間がまだたっぷりと残されていて——

「帰ったら、もっと三人でラブラブしない？　今度はプールとか、花火大会とか！」

「賛成！　咲人くんもいいですよね？　次は遭難なんてしませんから！」

可愛い双子姉妹からのおねだりに、咲人は照れ臭そうに「うん」と頷いた。

＊　＊　＊

「へぇ、猫を飼い始めたんだ？」

「まあね……」

咲人たちの旅行から一週間後の、八月の初旬のこと。

柚月は、同級生の松風隼に呼ばれ、カフェで会っていた。

「……高屋敷(たかやしき)、まだあの双子とくっついてんの？」

「うん、まあ……」

柚月はＬＩＭＥをしながら気のない返事をした。ＬＩＭＥの相手は千影だ。

あれから、千影とちょくちょくＬＩＭＥのやりとりをしていた。千影の怪我(けが)が気になっていたが、もう大丈夫らしい。シャムトラを見に来たいとＬＩＭＥが来たので、このあと家に帰ったら、散らかった部屋を片づけよう。

それにしても、不思議なことに、千影とはなんだか気が合う。

どちらともなく咲人(さくと)の話題は避けていたが、そういう空気を読み合うところまで一緒の感覚で、ＬＩＭＥのやり取りも心地良かった。

（千影に任せておけば、咲人は大丈夫だよね……咲人とのこと、頑張ってほしいな）

咲人のことは千影に託すと決めた。

どの口が言っているのだろうと柚月は自嘲したが――。

そんな柚月の顔を見ていた隼は、眉根を寄せて、重い口を開いた。

「あのさ……中学のときのこと、高屋敷に言わなくていいの？」

「……言わない」

「言えって」

「なんで？」

「本当のことを知ったら高屋敷だってさぁ――」

「言わないよ」

柚月はピシャリと遮った。

「……ごめん、じゃあ私、もう帰らないといけないから――」

立ち上がって出口に向かおうとした柚月の腕を、隼が摑んだ。

「なんで？」

「べつに……もう終わったことだし」

「……あっそ。じゃあなんで――」

「しつこい！」

柚月は隼の腕を振り払って、今度こそ店から出ていった。

一人残された隼は、椅子の背もたれに身体を預け、天井を見上げた。

「……なんでだよ。なんで、いっつもつまらなそうな顔すんだよ……」

隼の口から呟かれた言葉は天井に跳ね返ることもなく、空気中に虚しく消えていった。

あとがき

こんにちは、白井ムクです。はじめに嬉しいご報告から。

本シリーズふたごまの【コミカライズ連載】がいよいよスタートしました！

WEBレーベル『アライブ＋』より、カドコミとニコニコ漫画で連載中です。作画を飴色みそ先生にお世話になり、登場人物たちの可愛さやドキドキが凝縮された素晴らしいものになっておりますので、ぜひ皆様に読んでいただきたく存じます。

さて、ふたごま三巻ですが、猫町『双子子町』を舞台に、双子と猫の伝説が混じったちょっとだけ不思議な内容となっております。千影回と言っても良いかもしれません。本巻にて、登場人物たちのあいだでより強固な絆ができたのではないかと思っております。

千影にとっては、咲人や光莉との関係はもちろんのこと、新たに草薙柚月との絆もでき、今後この二人の関係も気になるところです。その柚月と言えば、最後の最後に——

このあとの気になる続きも書いていきたいと思っておりますので、どうかこれからもふたごまシリーズの応援をよろしくお願いいたします。

ここで謝辞を。

今回も多くの方のご支援とご協力を賜り、三巻を発行するに至りました。

担当編集の竹林慧様、いつも楽しく打ち合わせをさせていただきありがとうございます。また、ファンタジア文庫編集部の皆様をはじめ、出版業界の皆様や販売店の皆様、関係者の皆様のご尽力に厚く御礼申し上げますとともに、今後ともお引き立てくださいますようよろしくお願い申し上げます。

イラスト担当の千種みのり先生におかれましては、今回も素敵な水着イラストや猫耳店員イラストなどを描いていただきました。いつも可愛くて素敵なイラストをありがとうございます。今後ともよろしくお願いいたします。

いつも支えてくださる結城カノン様、そして家族のみんなにも感謝を。いつも励ましていただいておりますので、白井はこれからもみんなのために精一杯頑張ります。

最後になりますが、本シリーズを応援してくださる読者の皆様にも心よりの感謝を申し上げますとともに、本シリーズに携わった全ての方のご多幸を心よりお祈り申し上げまして、簡単ではございますが、お礼の言葉とさせていただきます。

滋賀県甲賀市より愛を込めて。

白井ムク

お便りはこちらまで

〒一〇二－八一七七
ファンタジア文庫編集部気付
白井ムク（様）宛
千種みのり（様）宛

双子まとめて『カノジョ』にしない？3

令和６年６月20日　初版発行

著者――白井ムク

発行者――山下直久

発　行――株式会社KADOKAWA
〒102-8177
東京都千代田区富士見2-13-3
0570-002-301（ナビダイヤル）

印刷所――株式会社暁印刷

製本所――本間製本株式会社

ISBN978-4-04-075502-1 C0193　◇◇◇